祖堅康寅

（そけん やすとら）

お調子者でチャラいが、人情に厚い昴のよき理解者。
クラスのムードメーカー。

倉井昴

（くらい すばる）

色々と無頓着で、身だしなみも必要最低限な高校2年生。
……折と一緒に暮らしている。
……なく、しゃべる言葉もどこかぶっきらぼう。

）

……もよく、明るく華やか。
学園内のアイドル的存在で、

恋のライバル誕生!?

「幼馴染みだけど今まで疎遠だった、ってところかしら？」

「……まぁそんなところだ」

「てことは、あたしもそんなに条件は変わらないってことか」

「っ！　あ、でもわたし小学生の頃の昴さんを知っています」

「あら、それは興味深いわね。ちなみにどんな感じだったのかしら？」

「え、えぇっとその……愛想がなくて言葉が少なくてぶっきらぼう……？」

「あはっ、今と変わらないじゃない、それ」

「ふふっ、そうかもです。あ、でも今より小さくて可愛かったですよ？」

すっかり日が傾き始めた玄関は、既に薄暗かった。

ひと気のない家はどこにも明かりが点いておらず、少し物悲しい感じがする。

そして自分の部屋へと向かい――。

「……え？」

「すぅ……すぅ……」

どうしたわけか、ベッドの上は平折に占拠されている。

俺の枕を抱きかかえるようにして無防備な姿を晒し眠っていた。

倉井平折
(くらい ひおり)
学校では昴の義理の妹とは知られておらず、
吉田平折として過ごしている。
大人しい性格で引っ込み思案。
南條
(なんじょう りん
スラリとしていてスタイル
常にクラスの中心にいる
振られた男は数知れず。

通勤ラッシュの電車内。
密着とまではいかないが、平折との距離は近い。
視線を落とせば、平折のつむじが見えた。
ほんのりとシャンプーの香りが鼻腔をくすぐる。
腕の中にすっぽりと収まってしまう体格差が、
平折が〝女の子〟なのだと意識させられてしまう――。

「凜って呼んでくれないかな？　南條って名前、嫌いなんだ……」

「わかったよ、南じ――凜」

「うんっ！」

「――っ！」

それはあまりに無邪気で――初めて見る本物の笑顔だった。

不覚にも初めて南條凜のことを、可愛いなんて思い知らされてしまった。

会話もしない連れ子の妹が、長年一緒にバカやってきたネトゲのフレだった

-hibariyu-

雲雀湯

illustration jimmy

目次
CONTENTS

1時間目 Play Time ネトゲのフレが連れ子の妹だった …… 10
2時間目 Play Time 平折の憧れの女の子 …… 33
3時間目 Play Time から揚げと気付く想い …… 47
4時間目 Play Time 知らなかったこと …… 76
5時間目 Play Time 予期せぬこと …… 112
6時間目 Play Time 平折の変化 …… 155
7時間目 Play Time 仲良くなりたい …… 177
8時間目 Play Time 異変 …… 245
9時間目 Play Time 人形と涙 …… 285
10時間目 Play Time あざけるな! …… 311
11時間目 Play Time これからも …… 348

ダッシュエックス文庫

会話もしない連れ子の妹が、長年一緒にバカやってきたネトゲのフレだった

雲雀湯

1時間目 Play Time. ネトゲのフレが連れ子の妹だった

『ん〜、静かだね』

『あぁ』

紅く染まった夕暮れの海岸線、東の空には一番星、響くさざ波は耳にも心地よい。周囲に人気はなく、デートするには上々のシチュエーション。

隣に居るのは、水色の髪の小柄な女の子。肩がむき出しの小袖に、大正時代の女学生みたいな橙色の袴、手には杖。それとピンと立ったふかふかの耳と尻尾が強く目を惹く。

一言で表せばその子は和風の狐耳っ娘の魔法使いの美少女だった。

『静か過ぎて目当ての奴も湧かねー！　課金のドロップアップアイテムも使っているっていうのにクソだー！　ぐぎぎ……っ』

『おいおい、さっき倒したばかりだろ』

『くぅーっ！　私ちょっと運営に抗議メール送ってくる！　ついでにアバターのパンツだけの部位も実装してくれって訴えてくる！』

『聞いてくれるわけないだろう、あほか』

可愛らしい容姿とは裏腹に、飛び出す言葉は品がない。手もバタバタ振り回し、足は地団駄、チッと舌打ちし、全身で不機嫌をアピールしている。はっきり言って残念な姿だった。

そんな彼女をやれやれと肩を竦めて眺めている俺は、鱗片鎧に大きな戦斧という物々しい姿。そこにはデートとか甘ったるい雰囲気は微塵もなかった。

彼女はフィーリアさん。日々の会話から察するに、多分俺と同じ高校生。

俺たちはFind Chronicle Online 通称FCO、いわゆるMMORPGをプレイしていた。

現在フィーリアさんとは目的の素材集めをしながら雑談しているところだ。

『そういや、このアバターどうさ?』

『フィーさんにしてはスカート長いな』

『それな！　たまには足が隠れるのも風情かなぁってさ。太もももいいけど二の腕と背中もいいもんだね、うんうん。ご飯三杯はいける』

『……変なところで拘りあるよな』

フィーリアさんはキャラのコーデをあれこれ可愛らしく弄るのが好きだ。よく『こんな短いの穿いてるやつとか現実じゃぜってーいねーし！　ほら、パンツ丸見えじゃん！』などと言いながら、俺のところにも見せに来たりもする。

今も『背中と二の腕を晒してるからはうなじを見せるのは外せない……髪型変えるかな？』

と言って、コーデにご執心だ。割と言動や気にするところがおっさん臭いことも多い。

　そんなこんなで、フィーリアさんともゲームで出会ってかれこれ3年近く。

　たまたま同時期に始めた俺たちは、それからというものここまで一緒にやってきた。ゲーム内で頑張って上位の成績を収めたこともある。実際に会ったことはないけれど、親友とさえ思っている。いや、どちらかと言えば悪友か？

　中の人が男か女かすらわからない。だけど一緒にいて楽しいし、それは些細(ささい)な問題だと思う。そもそも相手の本名も住んでいる場所もわからない。そんなゲーム内だけの関係。

　知っているのは学生ということと、アロマキャンドルが好きということくらい。まるで女の子みたいな趣味だな、と言ったら『悪いかよ』と不貞腐れられたこともあったっけか。

『そういえばクライス君、このゲームとカラオケセロリがコラボするって聞いた？　ゲーム内の食事が再現されるとか』

『へぇ、どれどれ。あ、公式にも出てる。竜王ファブニールの瞳コロッケ……なんだこれ？』

『街ゴブリンが作る生ハムとクラーケンのから揚げ、これ気にならね？』

『うわ、盛り付け汚っ！　でも逆にそこが気になるわっ！』

　カラオケセロリはアニソン等に力を入れるカラオケチェーンだ。オフ会とかでも会場に使われると聞く。生憎(あいにく)と俺は行ったことはないが、名前だけはよく聞いて知っている。

『あー、私も一度は行ってみたいなー！』

『そういえば俺ん家の近くの駅前にあったっけか……お、今週末から開始だ』

『えぇっ、うそ!?　いいなぁ、うちは地方都市だから……あ、初瀬谷店やってる～!』

『初瀬谷?』

聞き馴染みのある言葉に思わずビクリと肩が跳ねる。通学でも使っている駅名がそれだったからだ。まさかと思い、チャットを打つ手に熱がこもる。

『そそ、うちの最寄り駅なんだ。でもさすがに私も1人でカラオケってちょっと敷居が――』

『マジか!?　俺も初瀬谷なんだ!』

『…………えっ、クライス君そうなの?』

『なんだよ、家近くなのか。ならさ、週末一緒に行かないか?』

予期せぬ偶然の驚きから興奮して、思わずそんな風に誘ってしまっていた。

……フィーリアさんの大きな瞳が揺れる。画面から流れてくるさざ波の環境音がやたらと大きい。2分……そして3分。チャットですぐに返事が来ないことは多い。

だけどその僅かな時間は、俺の頭が冷えるには十分だった。

――踏み込みすぎたか?

ゲームはゲーム、リアルはリアルとはっきり線引きするタイプの人がいる。

フィーリアさんもゲーム内の関係はそこだけで完結させたい人なのかもしれない。

そう思い直し、『悪い、忘れてk』とまで打ち込んだときのことだった。

『いやぁ、なんて言いますかですね。私ってゲームとリアルじゃ印象全然違うんですよ』

『うん？』

何故か急に敬語になった。それにそこは気にするようなところなのだろうか？

俺はむしろいつもフェチ気味な濃ゆい会話をしているところから、中の人がおっさんだとしても驚きはしないが——……あ、なるほど。学生と言っていたけど、もしかしたら年齢詐称していて社会人なのかもしれないのか。

『でも中身はフィーリアさんには変わりはないっしょ？　まぁ無理なら別にいいけど』

『う～ん、実際会って変な顔されると考えちゃうとねー』

『はは、しないってば』

『ならいいけど……って、湧いた！』

『お？』

そして目の前からやたらと首が長い巨大な亀がポップした。こいつの落とす甲羅が目当てのドロップ品だ。

『【雷光閃(ライトニング)】！　って、ぎゃー！　こっち来たー！』

『おいおい、俺がタゲ取る前に攻撃すんなって！』

待ちきれないとばかりに攻撃を開始するフィーリアさん。慌ててフォローして戦況を立て直す俺。何度も繰り返された光景だ。予定調和的なやり取りで、こういうところがやたらと楽しい。だからきっとリアルでもいい親友になれる。

　この時の俺はそう思っていた。

　俺はゲームをログアウトした後、早速とばかりにカラオケセロリの会員登録をしていた。少々面倒くさいが、登録すると20％ＯＦＦのクーポンをもらえるのは魅力的だ。

「騎士の血の誓い、ノンアルコールカクテル……トマトジュースベースか？　うわ、７５０円って高っ！」

「『倉井昂16歳』と。ええっと住所は――」

　ついでとばかりにコラボメニューを見てみれば、ゲーム内でおなじみの料理が色々と再現されていた。まるでゲームの世界から現実に飛び出したように感じてしまい、眺めているだけでもテンションが上がる。だがこういったものの常として、見栄えはいいけれど値段は高い。

　これらにカラオケ利用代金とコラボフードのお金を足せば、結構な額になるだろう。話の種になるとはいえ、高校生のお小遣い事情では少々厳しい。だけどせっかく行くのだから色々注文してみたい。そう考えるとやはり、20％ＯＦＦは外せない。

　フィーリアさんなら、どれを注文するだろうか？

メニューを眺めながらそんなことを考えるだけでも楽しい気分になる。ともかく、ずっとゲームだけの付き合いだった親友とリアルで会うのが、すごく楽しみだった。

くぅ、と情けない腹の音が部屋に響く。気づけば小一時間ほど経過していた。

それだけ熱中してコラボメニューに見入ってしまい、食べ物を見ていたせいで小腹も空いてきてしまった。お茶でも飲んで誤魔化そうと思いリビングへと降りる。冷蔵庫から作り置きの麦茶を取り出しコップに注ぐ。その時だった。

「……あ」

「……平折（ひおり）」

丁度麦茶を注ぎ終えると同時に、もさもさっとした小柄な女の子と鉢合わせた。

狼狽（うろた）える彼女の姿はぼさぼさした長い髪に野暮（やぼ）ったいジャージ姿。一応彼女の名誉のために言えば、普段はキチンとしている。

規則通りに学校の制服を折り目正しく着こなして、お堅い優等生といった印象か。キチンとし過ぎていて、垢抜（あかぬ）けてはいないのは、まぁ正直なところ否定はできない。

彼女は倉井（くらい）平折——俺の義妹（いもうと）にあたる女の子だ。

5年前、中学に上がると同時に家族になった——父の再婚相手の連れ子である。義妹と言っても歳は3ヶ月しか離れておらず、学年も一緒だったりする。何とも不思議な間柄だ。

「……あーその、平折も飲むか？」

「……っ」

そう問いかけるも、ビクリと身体を震わせ、どこかオドオドとされてしまう。一応平折も何かを話そうとするのだが、喉に言葉がつっかえている様子。何とも言えない空気が横たわる。

はぁ、と自嘲気味なため息が漏れた。

お察しの通り、俺と平折の仲は良好とは言えない。没交渉という言葉がしっくりくるだろう。

「……」

しばらく待ってみるも反応はなく、平折は俯き、どこか居心地悪そうにしているままである。だから俺は早々に冷蔵庫へ麦茶を仕舞い、コップと共に部屋に戻ろうとした。そして俺と入れ替わるようにして、平折は「ぁ」と小さな声を出し、一瞬迷いを見せたものの冷蔵庫に向かって麦茶を取り出す。コップに注ぐ背中は丸まり申し訳なさそうだ。

完全に意思疎通の失敗だった。

その表情からは、決して俺を毛嫌いしているというわけではない……とは思う。平折は耳まで赤くして、時々こちらをチラチラ見ては、すぐに目を逸らして俯く。お互いになんとも気まずい顔をしているのがわかる。いつもの似たようなやり取りと言えば、それまでだ。

仲が悪いというわけではない。だが決していいとも言えない。

距離を詰めるきっかけを掴めぬまま、今のような微妙な関係になってしまっていた。

もう少し打ち解けられたら……そんなことを考えながら階段を登る。そしてもやもやとし始めた胸の内を飲み下すように麦茶をあおり、部屋に戻った時には、コップは既に空になっていた。

空になったコップを眺めていると、ふとフィーリアさんの顔が思い浮かぶ。

――オフ会で出会ったとき、平折のことを相談してみるのはありだろうか？

正直なところ、学校の友達に平折のことを相談するのは憚（はばか）られる。当たり前だ、そもそも学校では義兄妹（きょうだい）ということを秘密にしている。かといって、ゲームのプレイ中にそんな重い話をするのも何か違う。

しかしフィーリアさんとはゲーム内とはいえ、今まで親友と言えるほどの関係を築いてきている。ちょっとした話題の種に、あまり話さない妹とどうしたものかと聞いてみるのは悪くないんじゃないだろうか？

たとえ何かいい案が返ってこなくても、話すだけでもスッキリしそうだ。聞かされた方はたまったものじゃないかもしれないが、そこは笑って流してもらおう。

俺は俄然、フィーリアさんと会う日が楽しみになってきた。

パタン。

そんなことを考えていると、一拍遅れて隣の平折の部屋の扉が閉まる音が聞こえた。

「〜〜〜♪」

機嫌の良さそうな鼻歌が聞こえてくる。案外壁が薄いなと顔をしかめつつも、それはとても珍しいことだった。何かいいことがあったのだろうか？

あれから3日、あっという間に土曜日の朝になった。

ちなみに昨日も一昨日もゲーム内でフィーリアさんと会っている。

『クラーケンのイカ墨パスタ……そういやイカ墨って食べたことないんだよね。クライス君はある？』

『いや、ないな。見た目が黒くてちょっとなー』

『こういう時にこそ、冒険ってしてみたくならない？』

『それでもしハズレ引いたら目も当てられんぞ？　しかもこれ、１２８０円もするし』

『うぐっ！』

こんな感じで会話チャットの内容も、カラオケセロリに行ったらこれを頼みたい、あれも頼みたいけど予算が、などといったものが多く、結構楽しみにしてくれているみたいだった。誘った手前、嬉しく思う。

「ふぁあああぁ〜ぁふ」

寝起きのボサボサ頭のまま、欠伸(あくび)を噛み殺しながら階段を降りる。丁度その時、バタンと玄関の扉が閉まる音が聞こえた。どうやら平折はどこかへ出掛けたようだ。

冷蔵庫を開けて麦茶か牛乳のどちらにするか逡巡し、コップに牛乳を注いで一気に呷(あお)る。目の端に入った時計を見ると現在8時55分。普段の休日なら昼近くまで寝ているはずだが、俺も存外に楽しみにしているらしい。

それにしても平折は随分早くから出掛けたようだった。この5年近く、挨拶(あいさつ)以上の会話をしたことはほとんどない。家族になったとはいえ、普段どういう交友関係があるのか全くわからない。学校で時折見かけるが、物静かで読書ばかりしているイメージだ。

誰かと馬鹿騒ぎをするような性格ではないが、友人がいないというわけじゃない。誰かと遊びにでも行ったのだろうか？

そしてふと、友達と遊び、笑顔を見せる平折を想像し、何故か胸がモヤモヤした。

飲み干したコップをシンクに浸け、モヤモヤを振り払うかのように洗面所で顔を洗う。

「ふぅ」

幾分かすっきりした頭で気持ちを切り替える。今日はフィーリアさんと遊ぶ日だ。辛気臭(しんきくさ)い顔をされたら、たまったものじゃないだろう。

初瀬谷という街は、よくある地方都市だ。近隣に大都市があり、ベッドタウンというイメージが強い。それでも多くの人口を抱えるだけあって、駅前にはショッピングモールを始め様々な商業施設が立ち並んでいる。当然ながら、休日ともなれば大いに賑わっていた。

待ち合わせ場所は駅前の時計下。そこも例に漏れず、人の往来でごった返していた。

「っと、まだそれらしい人は来ていないか」

スマホに目を落とすと11時47分。約束の12時にはまだ少し時間がある。

実は連絡先を交換していない。決めたのは場所と時間、そして目印だけだ。

目印にしたのは『くっ殺ゴブリン』のキーホルダー。縄で縛られた眉毛が太いやたらと凜々しい緑肌の子鬼が手のひらで躍る。これは『くっ、殺せ！』という台詞が特徴的なゲーム内のマスコットキャラだ。フィーリアさんもこのキャラが大好きで、よく敵の群れに突っ込んでやられそうになるとこのキャラの真似をして『くっ殺せ！　って、クライス君救援はよー！』なんてよく言っている。俺たちの待ち合わせの目印にするには打ってつけだろう。これに決めた時、俺たちらしいなとモニターの前でひとしきり笑ったものだ。

スマホケースに無理やり取り付けてみたのだが、結構な大きさもあってよく目立つ。こんなものを付けているのは、当然ながら周囲では俺だけだ。少し悪目立ちしているが、フィーリアさんなら笑って見つけてくれるに違いない。

「……あ、の……」

「ん？」

鈴を転がすような、可愛らしい声が聞こえた。

どうしたことかと顔を上げれば、見覚えのない小柄な女の子。

光の加減で青くも見える、艶（つや）のある濡羽色の長い黒髪にどこか幼さの残る顔。ハイウエストで絞った桜色のワンピースと白のカーディガンは、大人しそうな雰囲気の彼女を清楚に演出してくれている。そんな、思わず二度見してしまうくらいの美少女だった。

彼女は大きな瞳を揺らしながら、俺のスマホケースのくっ殺ゴブリンへと指を差している。

「えっと、その……クライス……君、ですか？」

「っ！　あ、あぁ、そうだけど……フィーリア、さん？」

初めて見る女の子のはずだった。

だというのに、どうしてか既視感めいたものを感じてしまっている。不躾（ぶしつけ）だとはわかっていても、ジロジロと彼女（フィーリアさん）を眺めてしまう。

そんな俺の視線を恥ずかしがってか、フィーリアさんは身をよじらせる。

可愛らしい見た目と違って、自信なさげにおどおどとした態度にギャップを感じる。そしてどこか見慣れ――いや待て、まさかこの娘（こ）は……

「平折、なのか……？」

こくん、と。いつものように、その小さな顔を俯かせる。

「……フィーリア、です」

そしていつもと違って、蚊の鳴くような声で俺の呟きに応えた。

気まずい空気だった。

それでも、その場で立ち尽くすのも何なので、カラオケセロリへと移動した。

部屋によってはクッションだらけやモニターが複数あるような部屋もあるが、選んだのはスタンダードな内装。受付で部屋の種類を見たが、もはやカラオケ屋というより貸し部屋店といった感じだ。店員に案内され、事前にゲーム内で頼もうと話していたものを注文する。

なお、ここまで一切の会話はない。

付かず離れずの微妙な距離で、お互い妙にそわそわしている。

「「……」」

いつも一緒の家にいる関係なのに何を今更だと言えばそれまでだが、明らかに平折は緊張で身体が強張っていた。俺も肩に力が入っているのがわかる。

未だに平折がフィーリアさんだという現実感がない。

普段見かける平折の姿と言えば、膝がすっぽり隠れる長いスカートの制服姿か、家でのスウエット姿。髪もひっつめて強引に纏め、オシャレとは無縁な女の子。それが今や、ゲームキャラのフィーリアさんみたいに、見たこともない短い丈のスカートで素足をさらけ出している。口を開けば『おぱんつ様』『ふとももチェック』『背中エロスライン』などと下品というかおっさん臭いことばかり言うフィーリアさんと平折の姿が、どうしたって重なってくれない。

思わずドキリとしてしまうほどの可愛らしさがあった。

部屋に入りカーディガンを脱ぐと、ノースリーブで白い肩もむき出しで、目にも眩しい。大胆で可愛らしくもあるけれど、服のセンスや本人の性格からか、清楚さも感じさせる。

「……ッ！」

俺の視線に気付いたのか、慌ててカーディガンを膝に掛け足を隠す。ぷるぷると身体を震わせ涙目でこちらをねめつける。そういう目で見たわけじゃないのだが……だけど、うん。

「あーその、似合ってる。可愛いんじゃないか？」

「〜〜っ！」

思ったことを口に出してみた。それはゲーム内でフィーリアさんと話しチャットする感じのノリだった。実際かなり可愛いと思う。だけどこういう格好に慣れていないのか、背伸びしている感は否めない。しかしそこが初々しく、また普段とのギャップもあって新鮮に映り、胸が騒めいてしまう。

——普段から、その辺ちゃんとすればいいのに。

お節介にも思ってしまう。勿体ないな。そんなことを考えながら見つめるもしかし、平折は顔を真っ赤にして俯くだけで、なんだかより一層、気まずくなってしまった。沈黙が重々しく身体に圧し掛かり、息苦しくて溺れてしまいそうだ。

「お待たせいたしました～♪」

そんな重い空気を切り裂き、明るい声が部屋に響く。

俺たちと違って、やけにテンションが高い店員さんである。

「クラーケンのイカ墨パスタと竜王ファブニールの瞳コロッケ、それに騎士の血の誓いは？」

「あ、俺です」

「では彼女さんの方が、錬金術師のお茶ポーションですね～♪」

「～っ！」

そう言って店員さんは微笑ましいものを見るかのよう配膳し、去っていく。

ガチガチに緊張した年頃の男女２人——確かにそう見えなくもない。

「「……」」

店員さん的には背中を押したつもりなのだろうが、生憎と俺たちはそういう関係じゃない。

先ほどまでとはまた違った空気になり、互いに変に意識してしまっているのがわかる。

俺も平折も、ちらちらと互いに相手を窺っている。

「た、食べようか！　見た目は仰々しいけど、中身は美味しそうだし！」

「……」

「き、騎士の血の誓いはトマトジュースに炭酸で意外な味だな！　錬金術師のお茶ポーションはどんな感じ？」

「………美味しい、です」

「そ、そっか！　ははっ……」

「……」

……このなんとも言えない空気を振り払おうと、無理にでもテンションを上げて話しかけてみるもダメだった。空回りしている。カチャカチャと食器が立てる音だけが部屋に響く。

俺は苦い気持ちと共にコロッケを飲み込んでいった。

◇◇◇

『それじゃ、寄る所あるから！』

と、別れたのが1時間ほど前。結局あの後、平折とは一言も会話をすることはなかった。出来る限り無難な話題を振ったりもしたが、なしのつぶて。場が持たなくてカラオケに手を出してみるも、1人で何曲も唄うのは精神的にもきつかった。

　まさか平折がフィーリアさんだったなんて……

　未だに2人が同一人物だなんて信じられない。性格だって雪と墨ほど違う。なにより、これから家でどんな顔をすればいいのだろうか？　家までたっぷりと回り道をして考えてみるものの、考えは全然纏まってくれない。

「ただいま」

　いつもの如く返事はない。平折は、と思って玄関を見てみれば真新しいミュールがあった。今日のためにおろしたものだろうか？

　ふぅ、とため息が零れてしまう。とにかく疲れてしまっていた。

　平折と何となく顔を合わせづらいということもあり、自分の部屋へ直行する。入ってすぐ目に飛び込んできたのは、付けっ放しのモニター。

　そういえば出掛ける前にログインして、そのままだっけ……ん？　あれ？

『遅い！』

　俺が部屋に入ると同時に、チャット欄が書き込まれた。画面の中では立ちっぱなしの俺のキャラに、フィーリアさんがぷんすかと怒ったエモートを繰り返している。

『悪い、寄り道してた』

『もう、どこ寄ってたのさ？』

『適当に当てもなく……そのへんを遠回り？』

『え、それだけ？　ただの道草？　うわぁ～暇人だ』

『うっせ！』

いつも通りの会話だった。なんだか拍子抜けしてしまう。

だから余計に、平折がフィーリアさんだと思えなくて混乱に拍車がかかる。

『平折……だよな？』

『それがどうしたかね、あーその、昴、君……』

「……そう、か」

思わず独り言ちる。俺はフィーリアさんに本名を教えたことはない。

それを知っているということは、やはり彼女は平折で間違いないようだ。

『いやー、イカ墨って初めて食べたけど、バターみたいにコクがあってビックリ！　味はペペロンチーノに似ていてさ、思ったよりあっさりな感じで意外だったよー』

『へぇ、そうなんだ』

『コロッケはどうだったの？　竜王の瞳を模したってあるけどクオリティはイマイチだったよねー。味はどうだった？』

『まんまカニクリーム……まぁ美味しかったよ』

『そうそう、錬金術師のお茶ポーションだけどさ、あれは普通にジャスミンティーで――』

モニター上のチャット欄では、フィーリアさんが捲し立てるかのように今日の感想を言っている。それはいつも通りの会話だった。これからどう接すればいいのか悩んでいたのが馬鹿らしくなるくらい、今まで通りだった。同時になんだか無性に胸がもやもやしてくる。

隣の部屋にいるんだから、直接話した方が早いんじゃないのだろうか？　昼間のアレは何だったのだろうか？　だから気付けば立ち上がって、平折の部屋の前に来てしまっていた。

……ガラにもなく、らしくないことをしているなという自覚はある。

きっと俺はまだ、混乱している最中なのだろう。

「平折？」

「～～～ッ!?」

コンコンとノックと共に声をかけるとドタバタガッシャン、ひっくり返るような音がした。

ガチャリと開いたドアからは、恨めしそうな顔で見上げる平折の姿。

少し涙目だ。おでこも少し赤い。心なしか頬が少し膨（ふく）らんでいる。服はまだ着替えていないようで、家でオシャレをしている義妹（平折）の姿が新鮮だった。それだけでなく、ちょっと……その、うん……可愛いな……そう思って顔が熱を持つのを自覚する。

「あの、だな……こういうことは直接話してもいい――」

「～～ッ！」

俺が最後まで言い終わることなく、ぽすぽすと無言でクッションを押し付けるように叩いてきた。チラリと顔を覗けば、いつものように耳まで真っ赤にしている。

「──すまん」

俺は困った顔のままガリガリと頭を掻いて踵を返す。少し胸が痛む。

「…………………今日は、ありがと」

「──ッ!?」

それは蚊の鳴くようなか細い声だった。だけど確かに聞こえた。平折はよほど恥ずかしかったのか、声より大きい音を立ててドアが閉まる。半ばぐるぐるする頭のまま部屋に戻る。

『また行こうね』

──フィーリアはログアウトしました

モニターにはそんなログが残されていた。

「……なんだよ」

ただのチャットのログだというのに、やたらと胸が騒めいてしまう。

「〜〜〜♪」

隣の平折の部屋からは、こないだと同じく機嫌が良さそうな鼻歌が聞こえてくる。って、よくよく聞けばゲームの主題歌じゃないか。思わず平折の部屋の方を見てしまい、口元が緩んでいるのを自覚する。

きっと。
これから俺たちの、何かが変わる予感がした。

平折の憧れの女の子

平折（ひおり）と初めて出会ったのは、今から5年近く前だった。

中学に上がる前、まだまだ寒い季節だったのを覚えている。仕事一辺倒だった父が、突如再婚したいと言い出したのだ。

『よろしくね、昂（すばる）くん。平折もあいさつなさい？』

『……』

記憶の中の平折は、儚（はかな）げで線の細い女性——弥詠子（やえこ）さんに連れられて、今と同じようにおどおどしていた。その第一印象は今と同じく、地味で目立たない子だった。

『ん……よろしく』

『～～っ！』

当時の俺は女子といえば従姉（いとこ）の真白（ましろ）以外と話したことはなく、やたらと気恥ずかしかった。

ブスっとした顔で、ぶっきらぼうに手を差し出すものの、びっくりしたのか弥詠子さんの後ろに隠れてしまう。

――失敗した。怖がらせてしまった。

幼心にそんなことを思った。どうしたものかと、俺は随分と困った顔をしてしまったのを覚えている。

今更意味のないことだけど、時折ふと考えてしまう時がある。

あの時、ちゃんと笑顔で手を差し出していれば、今の関係は変わっていたのだろうか？

「……」

随分と懐かしい夢を見てしまったようだ。窓からはカーテン越しに、強烈な日差しがアピールしている。9月の半ばを過ぎたとはいえ、今日も暑くなりそうだった。

「ふぁあぁぁ～あふ」

寝巻きのまま、欠伸を噛み殺しながらリビングに降りる。昨夜は色々と平折のことを考えてしまい寝不足だった。今日が月曜日だというのも憂鬱に拍車をかける。瞼を擦りながらガチャリと扉を開けると、その音に驚いたのかビクリと身体を震わせる小柄な女の子がいた。

「平折」

「……っ！」

同じ屋根の下に住んでいるわけだから、顔を合わすのはいつものことだ。

今朝の平折は見慣れた規定通りの制服姿。他の女子は校則に抵触しない程度にスカートを短くしたりするのだが、平折は見事に膝まで隠れて、その下には黒タイツ。髪も昨日と違い、後ろで無造作にひっつめただけ。いつもと同じく地味で目立たない子だという印象そのものだ。

果たして昨日出会った女の子は本当に平折だったのか？　思わず昨日の平折と重ねてしまうが、なかなかうまく重ならない。

そんなことを思いながら、5秒か6秒じっと見つめる。それはほんの僅かな時間だ。

しかし、確かに見つめ合うような構図になってしまった。何とも言えない空気が流れる。

「……ええっとその、おはよう？」

「〜っ！」

つい、この場の空気に耐えられなくなって、いつもはしない挨拶をしてしまう。語尾はどうしてか疑問形になってしまった。

こういう時、何て言ったらいいのかわからない。思わず俺も気恥ずかしくなって目を逸らしてしまう。視界の端に映った平折の耳が赤く染まっているのが見えた。

「…………ってきますっ」

「っ！」

耐え切れなくなったのか、平折は逃げ出した。搾り出した声は小さく、言葉の語尾が聞こえるだけ。だけどそれは確かに挨拶だった。俺たちの関係は、出会った頃から変わっていない。

だけど、確実に何かが変わろうとしている——そんな予感に胸が騒めいた。

昼休みといえば、学生が一番活発に動き出す時間だ。

どの教室でも様々な声が飛び交い、喧騒に包まれている。俺は隣のクラスに赴き、見慣れた男子生徒に話しかけた。雑誌を広げながら弁当を食べている、行儀の悪い奴だ。

「おい、康寅。次、授業で使うから辞書返せよ」

「っと、昴か。わりぃわりぃ！」

男子生徒は見た目同様、軽薄なノリで答える。にへらと笑う顔は、悪いとは微塵も思ってなさそうだ。

彼は祖堅康寅。クラスは違うが、俺の数少ない友人である。

「ちょっと待ってろ。確か机に入れっぱに……あれ？」

「ったく」

ない、ない！　と言いながら、康寅は机や鞄の中身をひっくり返す。基本的に気の好い奴だが、困ったところもある。

「え、うそ、これが吉田さん!?」

「気合い入ってるけどデート!?　ねぇこれデート!?」

「きゃー、うそー！　イメージ全然違う～！」

「でしょ～、コーデしたあたしもびっくりしたんだから！」

「あの、ちがっ……」

聞き耳を立てていたわけじゃないが、教室内の女子グループの話し声が聞こえてきた。

吉田さんと言われたその子は、顔を真っ赤にして、おろおろと俯き、恥ずかしそうにしている。どうやら彼女は、スマホの画面と見比べられているようだった。あわあわしているその姿は、俺のよく知る平折そのものである。

旧姓、吉田平折。

平折は学校では色々あって倉井姓ではなく、吉田姓を名乗っている。

「はぁ、南條さん可愛いよなぁ」

「康寅」

いつの間にか康寅が、だらしない顔をしながら隣に来ていた。その視線の先は俺と同じく、平折がいる女子グループだ。その中で、飛び抜けて可愛い女子がいる。

肩甲骨までかかる明るい髪をひと房編みこみ、愛嬌と華がある容姿の美少女。

南條凜。

学内でも知らぬ者がいないほどの有名人。入学以来定期試験は1位を維持し、代理で出た数々のスポーツの大会でもいい成績を残している。更には街に出れば、モデルのスカウトをされては断るのに苦労するという。噂では断った告白は百を超えると言われ、事実、去年まではひっきりなしに呼び出しを受けていた。

「はぁ、あんな子が彼女になってくれればなぁ」

「でもお前振られただろ？」

「うっせ！」

かくいうこの康寅も、去年南條凜に告白して振られていた。それでも、康寅はこうして教室の隅からうっとりと眺めている。康寅だけでなく、他の男子も何人か似たような視線で彼女を眺めていた。それだけ、彼女に魅力があるということだろう。

実際、南條凜はかなり可愛いと思う。それだけでなく、人当たりも良く、男女共に好かれている。おおよそ欠点とは無縁な感じの女の子だ。だけど――

「――どこかうそ臭いんだよな」

「何か言ったか、昴？」

「いいや、何も」

見る者を魅了する笑顔を振りまき、会話を牽引している南條凜を見る。見た目だけでなく、時に皆の興味を引く話題を提供し、また時には聞き役に徹する。あまりにも、誰かが拵(こしら)えたかのように出来過ぎていて、そういう風に演じているんじゃないか――などと感じてしまう。俺の考え過ぎだろうか？

それよりも今は平折の方が気になった。

ぐるぐる目を回して大変そうな様子だが、決してイジメとかそういうモノではないようだ。

南條凜が平折を不快にさせないよう、絶妙に会話の流れをコントロールしているように見える。

……ま、大丈夫か。

「ほい、辞書。机の奥底で眠ってたわ」

「失くしてなかったか」

「さすがにオレも借りたものを失くしたりは！　した、時は……新品にして返すよ？」

「……失くすなよ、その前に忘れるなよ」

へへ、悪かったって、と手を合わせる康寅を横目に、隣の教室を後にする。

「……っ！」

最後に振り返ったとき、涙目の平折と目が合った。

助けを求めているのは明白だったが、残念ながら学校での俺と平折に接点はない。もし話に割って入っていけば、彼女たちに新たな燃料を注ぐことになるのは想像に難くない。だから俺は、曖昧に笑って誤魔化した。

「吉田さん、他にもお勧めがあるんだけど――」

「え、いや、その、私はっ――」

余所見をしていた平折を、彼女たちがどう思ったかはわからない。ただ南條凜が、平折が誰を見ていたか追及されないよう、強引に話を切り出したかのようにも見えた。

……何故だろう？

自分でも分からないが、どうしてか南條凜とフィーリアさん（ゲームの平折）が重なってしまった。

その日の午後の授業中は、平折のことばかり考えていた。

物静かで自分の席で本を読んでいることが多い。友達がいないわけじゃないが、仲のいいグループの隅っこで聞き役が定番。クラスでも地味で目立たず取り立てて何かがあるわけではない、どこにでもいるような大人しい女子。平折といえばそんなイメージを持っている。

だから、さっきのように話題の中心になっていた昼休みの光景が意外だった。

意外と言えば、平折が助けを求めるようにこちらを見たこともそうだ。

俺と平折は家でもそうであるように、学校では接点がない。今まで学校で声をかけたこともなければ、目が合ったことすらない。一体どういうつもりだったのだろう?

そんなことばかり考えているうちに放課後になってしまった。俺の周りも解放感からか教室は私語で騒めいている。その喧騒に誘われるかのように康寅がうちのクラスに顔を出しに来た。

「昴ー、ゲーセン寄って帰らねー?」

「おぅ、わかっ――いや、やっぱ今日はいいや」

そうか、と言って康寅は好きな音ゲーのリズムを口ずさみながら去っていく。部活に所属しているわけじゃないので、放課後に予定はない。バイトもたまに単発のものを入れるくらい。だから基本的に遊びに誘われればついていくことが多いが、今日はそんな気分にならなかった。どうしても、昼間の平折の表情が気になってしまっていた。

それを思い出すと、早く平折と何かを話さなければ、という気持ちになってしまう。……だというのに、すぐに家に帰る気にもならない。頭の中は平折のせいでぐちゃぐちゃだった。

「ただいま」

玄関に俺の声だけが響く。

結局コンビニに寄ってバイトの求人誌を眺め、普段より30分ほど遅れての帰宅になった。

平折のローファーが乱雑に脱ぎ散らされており、先に帰宅していることを物語っている。

――まるで昨日の焼き直しみたいだ。

昼間の件で、何か言わないと――そんなことを考えながら自室に戻りPCを立ち上げた。

『ひどい！　助けてくれてもよかったのに！　あと遅い！』

そしてゲームにログインして早々、フィーリアさんにお叱りを受けた。

『……どうやってさ？』

『そ、それはその……どうにかして？』

『女子の話の中に入っていけってか？　あれは俺には無理だろ、強く生きろ？』

『うぐぐ、クライス君が冷たいっ！』

なんだか拍子抜けだった。

開口一番、非難めいて拗ねる言葉は長年の親友に対するそれであり、本気で恨んでいないというのがよくわかる。まさに軽口そのものだ。そのせいか、平折に対する申し訳なささやら何か言わなきゃという気持ちが一気に霧散してしまい、くつくつと喉の奥を鳴らしてしまう。

場の空気はすっかり、気の置けない友人とのそれになっていた。

俺の呼称が以前と同じゲームキャラのままというのもあるだろう。

『そもそも、学校でのあれは何だったんだ？』

『うぐっ、それはその、南條さんに昨日着ていく服や美容院の面倒を見てもらいまして……』

『へぇ』

『わ、私にもですね、見栄というものがあるのですよ！』

『……』

『な、なにさ！』

平折の格好といえば、家でのジャージやスウェット姿くらいしかイメージがない。オシャレとは無縁というか、私服姿の記憶を探すのも難しく、髪だっていつもぼさぼさだ。

そういえば昨日、平折は随分早く家を出ていったっけ。なるほど、あれは美容院にだったのか。

普段の姿から忘れがちだが、平折だって年頃の女の子だ。きっかけがなかっただけで、そういったオシャレに興味があってもおかしくはない。

実際、先日の平折の姿にはドキリとさせられてしまった。

もし普段からそのへんの身だしなみとかに気を遣っていれば、学校の男子だって放ってはおかないだろう。

そもそも平折は一体どういうつもりで、あんなにもオシャレに気合いを入れたのだろうか？　いや、クライス（ゲームの俺）に会うためなのは分かっているのだが……そのことを色々考え始めると胸がもやっとして、何とも言えない感情を持て余してしまう。

『そういやさ、平折は南條さんと仲が良かったんだな』

『ふぇっ!?　う、うん。中学から同じクラスだし、それなりにね？　あ、もしかしてクライス君も南條さんのことが好きなの？』

『や、別に』

『またまた～、そんなこと言って～！　あの子すっごく可愛いしね、わかるよ～！　このアバターとかさ、似合いそうじゃない？』

そう言ってフィーリア（平折）さんは、花をモチーフにしたアイドル衣装のようなアバターに着替え、くるりと身をひるがえす。花のようなフリルがあしらわれた、現実味の薄い短いスカートがふわりと舞う。

『うーん、でもこれだと南條さんの良さは引き出せないな……そうそう知ってる？　南條さんって結構な隠れ巨乳なんだよ。多分ＥかＦはあるんじゃないかな？』

「んぇっ⁉」

いきなりそんな学園のアイドルのスタイル事情を聞かされれば、思わず現実で変な声を出してしまう。隣の部屋から、してやったりとクスクスといった笑い声が聞こえてくる。

『いやもう、制服越しに何度か触れたことあるけどね、それはもう柔らかいしズシリとくるの！　あれは顔を埋めたくなるよね！』

『おまそれ、俺はどう答えればいいんだ』

『羨(うらや)ましがればといいと思うよ！』

『お、おぅ』

『他にもだけどさ――』

と言いながら、着替えの時見た鎖骨や脚のラインがたまらない、腰の細さが反則的などと、女子同士でないと知り得ない生々しい情報を伝えられれば、ドギマギしてしまう。

南條凛は美少女だ。そこに疑いの余地はない。客観的に見ても可愛い容姿だと思う。そんな彼女の秘め事めいたものを教えられれば、罪悪感からか何だか落ち着かなくなる。

一体俺にどう反応しろというのだろうか？　ただその一方で熱弁する平折の様子から、南條凛に対して並々ならぬ思いを持っているのだけはしっかりと伝わってきた。

『豊かな南條さんに比べて私のはといえばッ！　不公平、不公平だよ！　そう思わないっ⁉』

『いや、そんなこと言われてもな……』

嘆く平折の胸は、確かに豊かとは言えない。しかし昨日の平折の姿を思い出せば、胸など些細なことだと言いたくなる。思わず『胸の大きさはともかく、昨日の平折は可愛かったし、普段からあんな格好をｓ』とまで打ち込み、そしてふと我に返った。

――俺は今、何を打とうとしてた⁉

まるで口説いているかのような台詞がモニター上に躍っている。完全にフィーリアさんに対する軽いノリで書いていた。だけど今はその悪友が平折だと――無口で恥ずかしがり屋の女の子だということを知ってしまっている。

――軽率なことを言って、平折に変に思われたらどうしよう？

慌てて打ちかけのチャットを消していく。その最中のことだった。

『はぁ、いいなぁ……可愛くて明るくて皆に好かれておっぱいも大きくて――私ね、南條さんみたいになりたかった』

「……平折？」

一瞬どういう意味かよくわからなかった。反射的に、何か違う、と叫びたかった。

何か言いたくて、言わなきゃいけない気がして、でも何て言っていいかわからなくて――そして何故か、初めて出会った時の平折の姿が思い浮かび、目の前のフィーリアさんと重なる。

『それよりトレハン行こうよ！』
『今からか？　夕飯に遅れたら叱られるぞ』
『ちょ、ちょっとだけだから……ね？』
『ったく』

しかしそう言った平折本人もその言葉をなかったことにしたいのか、矢継ぎ早にチャットを打ち込んでいく。

自分でもこれは逃げだとはわかる。だが、その平折の提案に便乗してしまった。

南條さんみたいになりたかった――

その平折（フィーリアさん）の言葉は、画面のログだけじゃなくて、俺の心にもしっかりと残るのだった。

3時間目 Play Time. から揚げと気付く想い

その日、俺は朝から混乱していた。

「なんだこれ？」

目の前のダイニングテーブルには朝食と思しきから揚げが鎮座していた。他に何の付け合わせもなく、ただただから揚げが存在しているだけだ。

朝から重くないか？　誰が用意したんだ？　もしかして平折か？

ちなみに今朝早くから弥詠子さんは単身赴任中の父の世話をすると言って出掛けている。今、家には俺の他に平折しかいないはずだ。それ自体は珍しいことではない。だが今まで平折が朝食を用意してくれたなんてことはなかった。

「ん？　これは……」

首を捻りつつダイニングテーブルの上を見てみれば、から揚げだけではなくメモ書きもあることに気付く。

『協力してください』

平折の丸っこい字で簡潔にそれだけが書かれており、更にゲーム雑誌とお弁当箱があった。どうやら本当に平折が用意してくれたらしい。しかし協力してくださいとはどういうことだろうか？　雑誌に付けられていた付箋を開いてみる。

『ヘブン11とコラボ！　から揚げを食べて限定アバターをもらおう！』

……どうやら大手コンビニのヘブン11でから揚げを一定個数購入すると、ゲーム内のアバターがもらえるというモノだった。コラボ期間は今日からだ。要項を見るに約1ヶ月の間に7回、週に2回も買えばもらえる計算になるのだが……どうやら平折はすぐにでも欲しいらしい。

「まったく……」

長年親しんできたフィーリアさんらしい行動に、思わず笑みが零れてしまう。包みに入った弁当箱を手に取ると、まだほんのりと温かい。

きっかけはどうであれ、これは平折が作ってくれたものだ。掌から伝わる熱がじんわりと胸を温め心が浮ついてしまうのを感じる。どうやら俺は、かなり嬉しいらしい。

――お礼を言ったほうがいいのだろうか？　でもどうやって？

授業の合間の休み時間、そのことを考えては眉間に皺を寄せていた。

「お、南條さんだ」

「隣のクラスの奴はいいよなぁ、目の保養になって」

「……フラれた相手と同じクラスはちょっと気まずいかも」

ふと、クラスの男子たちが騒めきだす。彼らの話題にする先を見てみれば南條凛を中心とした隣のクラスの女子グループがいた。どうやら生物の移動教室のようだ。

その中には平折の姿も交じっていた。いつもと同じくオシャレとは程遠い、地味で目立たない姿である。

平折はグループの隅の方で教材を持って移動していた。よくよく見れば心なしかその足取りは軽く、どこか浮かれているように見える。

──わかりやすい奴。思わず苦笑してしまう。

「お、ついに倉井も南條さんが気になりはじめたか？」

「ちげーよ」

と、南條凛たちのグループを眺めていたクラスメイトに突っ込まれる。

何度も言うが、南條凛は美少女だ。

手入れが行き届いた明るくツヤのある髪、制服から伸びるスラリとした長い手足、そして穏やかに顔に浮かべる人懐っこい笑みは男女問わず魅了する。

……それからニットベストの上からでもわかる膨らみ。ついつい目が行ってしまったのは先日の平折の言葉のせいだろう。慌てて目を逸らす。

視線を戻して平折を見てみれば、昨日と違って話の中心にはいない。

代わりにというか南條凛がいつものように周囲に万遍なく話を振り、気を配っている。随分とそのあたりも気が利くようだ。人気があるのも当然だろう。

平折が憧れるという気持ちもわかる。しかし、何かが引っかかった。

「あっ」

「大丈夫、吉田さん!?」

「っ!!」

いきなり何でもない所で平折が転びかける。

どうやら浮かれていて足元が疎かになっていたらしい。

「ご、ごめんなさい。ぼぅっとしていて……」

「気をつけてね」

咄嗟に反応した南條凛が平折の腕を取っていた。事なきを得たもののしかし、弾みで教材を落としてしまい廊下に散らばってしまう。それを周りの皆で拾い集めてくれた。平折はただひたすら気まずさからあたふたしていた。

——ったく、手間のかかる奴。

そんな平折の顔を見ていたら、いつの間にか俺の口元は緩んでいるのだった。

そうこうしているうちに昼休みになった。

隣のクラスから康寅がわざわざこちらの教室に顔を出し、声をかけてくる。

「昴ー、今日は学食か？」

「いや、今日は弁当があるんだ」

包みに入った弁当箱を取り出し康寅に見せる。今朝平折に作ってもらったものだ。

「じゃあオレは購買にするかなー」

「……ッ！　あーいやその、ちょっと昼は用があったの思い出した。悪いけど今日は1人で食べといてくれ」

「昴？」

俺はそれじゃ、と開けかけた弁当箱に蓋をして、一目散に教室を飛び出した。人目がないところはどこだと、非常階段を目指し走る。


「あいつ……っ」

弁当箱を開けて、呆れたため息とともに独り言ちる。

それは見事にから揚げしか入っていない、から揚げのみ弁当だった。弁当箱にみっしりと詰め込まれており、赤、白、こげ茶……唐辛子、塩、しょうゆ味だろうか？　ご丁寧に3色に分けられ彩りも考えられている。見た目だけは。

もし誰かに見られたらツッコミは不可避だろう。これをどうしたかと馬鹿正直に言えることでもないし、上手く言い訳する自信もない。だから人気のないこの場所へとやってきたのだ。

　普段の優等生然とした平折からは考えられない弁当の内容だが、不思議とフィーリアさんならと考えると腑に落ちてしまい、くつくつと笑いが漏れてしまう。まったく……困ったような、でも可笑しいような不思議な感覚だ。悪い気はしない。

「ここなら誰もいないな」

「……そうね」

「っ!?」

　から揚げを摘もうとした時、不意に誰かがこの非常階段にやってきた。幸いにして階が違うので俺の姿を見られることはなさそうだ。思わず息を潜め、から揚げだけ弁当を隠すようにして上方からこっそりと彼らの様子を窺う。そこにいたのは一組の男女だった。

「この間の返事、聞かせてもらえるかな?」

　男子が女子に何らかの答えを催促している。これが一体どういうことか、そういう機微に疎い自覚がある俺でもわかる。どうやら、青春の1ページともいえるイベントが繰り広げられているようだ。

　――これは覗き見をしていいような類のモノじゃないな。

　すぐに退散しようとしたのだが、困ったような表情をする女子の顔を見て俺の足が止まってしまう。その女子は南條凛だった。

「ごめんなさい、あたしやっぱり……」

「……そっか」

どうやら結果は、彼も大多数の男子と同じになったようだ。しかしどういうわけか、彼はフラれたというわりにはそこまでショックを受けたようには見受けられない。相手はあの南條凛だ。元からあまり期待してなかったのかもしれない。あっさりしたものだ。だというのにその一方で、南條凛の方が悲しんでいる――そんな真逆の印象を感じてしまった。

……どういうことだ？

困惑する俺をよそに、南條凛と男子はなんとも形容のできない空気を醸（かも）し出していた。

2人の間にこれ以上交わされる言葉はなく、それじゃと男子は片手を上げて去ろうとする。

「あのっ！」

「……へ？」

その背中に、南條凛が声をかけた。予想外だったのか、男子からは素（す）っ頓狂（とんきょう）な声が漏れる。

「あたしのどこがよかったのかな……？」

それはおそらく男子にとっては不可解な質問だった。

彼と同じく、俺も不可解な顔をしていたに違いない。

「そりゃ、南條さんは可愛いし、色々できるし、それによく気が回るし……ははっ」

「そっか……うぅん、ありがと」

そしてそれは、男子にとっては追い打ちとなる質問になった。彼は自分の思ったままのことを告げていくが、しかし、どんどんと南條凜の顔は失望へと彩られていく。

——もう何も話すことはない。如実に拒絶を示す意志が、彼女の瞳には込められていた。

……あれはキツイな。

頭を振って小さく息を吐き、2人に視線を戻す。そんな表情を向けられた男子はさすがに居た堪れなくなったのか、彼も暗い顔をしながら、金属製の非常階段の扉をバタンと大きな音を立てて去っていく。後に残された南條凜は何かを堪え、泣きそうな顔をしていた。

「……」

南條凜はしばらくその場から動かなかった。俺はそんな彼女を息を潜めて眺めている。こんなの覗きだ。いけないことだとわかっている。だけど不思議と目が離せない。

その場で憂いを帯びた表情で、儚げに佇む姿は可憐だった。そして同時に得も言われぬ迫力もあった。俺はすっかりそんな彼女の空気に呑まれ、その場に縫い留められてしまう。

周囲の男子たちが騒ぐのもわかるな……

そして何故か俺はフィーリアさんの姿と被せてしまい……ふと我に返る。何を馬鹿な想像をしてんだ、俺は。ガリガリと頭を掻き、さてどうしようかと考え始めたときのことだった。

「可愛くて気が回る、か。それだけの人ならテレビや雑誌にいくらでもいるんだけどな……」

突如、南條凜は自虐的にそんなことを呟いた。まるでその言葉が刃となって、自傷行為をしているかのようだ。

わけがわからなかった。

噂では告白百人斬りだなんて言われている。事実、数えきれないほどさっきのように断ってきているはずだ。だというのに、あの表情はどういうことなのだろうか？

それは明らかに、南條凜が他人に見せないような繊細な部分だとわかる。これは俺のような他人が見てはいけないものだ。きっと平折も知らない一面に違いない。覗き見てしまったことに罪悪感を覚えてしまう。


「あー、やってらんねー。あいつも結局上っ面しか見てねーのなー」


――ッ!?

突如、南條凜が低い声でそんなことを吐き捨てた。いつもの鈴を転がすような声でなく、ドスの利いた低い声である。そしてガシガシと、髪が乱れることを気にもせず、頭を掻き回す。

豹変。まさにその言葉がぴったりな変わりようだった。普段のイメージからあまりにもかけ離れた言動に動揺を隠せない。


「……はぁ」

南條凜はひとしきり感情を爆発させた後、のそのそと乱れた髪を整え始めた。そしておもむろにスマホを取り出し弄りはじめる。

「気立てが良くて可愛いだけならウリエたんの方が可愛いでしゅよね～っ！　早く水着や浴衣のウリエたんをお迎えしなきゃだし、ガチャしよ、ガチャ！　あぁ、もう！　こうイライラした時はガチャに限――」

「ぶふっ！」

「――だ、誰っ!?」

再度、南條凜が豹変した。

これまた普段のイメージとは遠い、猫撫で声でスマホに話しかけていた。それだけでなくスマホに頬ずりし、くるくる回って変なダンスまで踊っている。そんな突拍子もない行動に、今度は堪らず噴き出してしまった。こんなの完全に不意打ちだ。

「すまない、覗くつもりはなかったんだ」

俺は悪気がないという意思を示すために、両手を挙げて姿を現す。南條凜の俺を見る目は警戒に彩られており、睨みつけるかのようにこちらの様子を観察してくる。

「へぇ……？」

まるで品定めするかのようにジロジロと見られる。いつもの人懐っこい笑顔はなく、不機嫌さと敵愾心を隠そうとしない目だった。美少女なだけに、妙な迫力がある。

さて、どう言ったものか。俺は頭を掻きながら、柳眉を吊り上げる彼女と向き合った。

思えば不思議な状況だと思う。人気のない非常階段に女子と2人。しかも相手は学園のアイドルとまで言えるくらいの美少女、南條凛。

男子なら夢に見るほどのシチュエーションだろう。……相手が睨んでさえいなければ。

「あなた、隣のクラスの……倉井ね」

「俺を知っているのか？」

「ええ、一応同じ学年の人の顔と名前くらいは覚えているわ」

「……凄いな」

俺なんて同じクラスの奴ですら、ちょっと自信がない。

「こんな人気のないところで一体……もしかして、あなたも誰かに？」

「ないない」

悲しいかな、生まれてこのかた女子と付き合った経験はない。

じゃあどうして？　という訝しげな彼女の視線に、ため息を一つ。きっと、生半可な言い訳では納得してくれないだろう。

俺は観念して、渋々弁当の中身を見せた。

「これ、見られたくなかったから」

「ぷふぅっ！」

今度は南條凛が噴き出す番だった。

みるみる目を見開いたかと思えば、その場にうずくまって顔を伏せ、肩を震わせ始める。

「見事な3色から揚げ弁当だろう？」

「ちょっ、なにそ……やだ、３色って……っ！　味で!?　お腹いたい……っ！」

どうやらツボに嵌まってしまったようだった。

面と向かって笑ってはいけないという思いがあるのか、必死に笑いを堪えている。

俺はといえば、またもや南條凛の意外な一面に戸惑ってしまっていた。

「ね、ねぇ、どうしてそんなお弁当なの？　いつもそうなの？」

目尻に涙を浮かべつつ、好奇心に満ちた目で話しかけてくる。面白い返答を期待しているようにも見えるが、生憎とそんなものを求められても困る。

……けど、先ほどの敵愾心剝き出しの目よりはマシか。俺は説明する代わりにとスマホを弄くり、とあるページを彼女に見せた。

「ヘブンとコラボ……Find Chronicle Onlineのアバター……？　何これゲーム？　あ、このキャラとか可愛い！」

「いわゆるネトゲだ。この弁当は――まぁ、そういうことだ」

「だ、だからって、お弁当箱にから揚げだけって……っ！」

「まったくだな」

「でも自分で作ったんでしょ？」

「……やっぱり、やり過ぎだったか？」

「ぷっ……！」

またも南條凜は堪えきれないとばかりに、噴き出した。

あまりこういう風に笑われることに慣れていないので、どう反応していいかわからない。きっと俺は今、物凄いしかめっ面をしているだろう。

「そういえば、ウリエたんって？」

「あー……聞かれていましたか……」

あまりに笑われてばかりで居心地が悪いので、反撃とばかりに先ほどの気になったことを聞いてみた。すると今度は一転、南條凜はどこか恥ずかしそうな顔に変わる。時間にして4秒か5秒。大した時間ではないが、無言で見つめ合うには気恥ずかしい空気が流れる。そして「よし！」と可愛らしい掛け声と共に、南條凜は自身のスマホをこちらに見せてきた。

「うん？」

映し出されていた画面には、アイドルっぽい衣装を着た女の子のイラスト。どこかファンタジーっぽい感じで、耳が尖(とが)っている。そしていくつかのコマンドが並んであった。どこか見覚えのあるそれは、ネットのバナー広告とかで見たことがあるソシャゲだった。

「確かこれって、異世界でアイドルを育てるっていう……？」

「そう、それ！　あたしの推しがこのウリエたんなの！　ウリエたんのいいところはね――」

そう言って南條凜は前のめりになって色々説明してくるのだった。

あまりの興奮具合に、俺は若干引き気味になるくらいの勢いだ。タロット占いが趣味のくせに当たらない、水着ウリエたんってばいい能力のくせにカナヅチだ、寡黙(かもく)無口キャラを志(こころざ)しているはずなのにポンコツ可愛い、等々。ウリエたんが如何(いか)に可愛いかということを、身振り手振り全身を使ってアピールしてくる。

――そんな顔もするんだな。

自分の好きを一気に捲(まく)し立てる姿は、興奮してはしゃぐ童女そのものだった。さっきから見ていれば怒ったり笑ったり興奮したり……くるくると表情が多彩に変わる。いつもにこにこと愛嬌を振りまくだけの彼女のイメージからは程遠い。だけどこれが本来の南條凜の姿なのだろうか？

そうだとすると、普段見せている周囲を惹(ひ)き付ける笑顔なんて、まるで仮面だ。しかしこちらの姿の方が親近感が湧き――そこで何かに引っかかった。

――フィーリアさん。

どうしてか、またまたフィーリアさん(ゲームの平折)のイメージと重なってしまった。

人目を気にせず、好きなものをひたすら喋るその姿は、非常によく彼女と似ている。ああ、なるほど。そう思うと、目の前ではしゃぐ南條凜が途端に微笑ましく感じられてしまう。自然と眦が下がり口元が緩む。

「それ、好きなんだな」

「っ！　えっ、いやその……おかしい、かな……？」

俺の台詞で我に返ったのか、途端に恥ずかしそうに俯き、耳まで赤く染めあげる。そして、何だか意外なものを見るような目で見上げてきた。

「そんなこたねぇよ。俺だってゲームが好きで弁当がこんなだし」

「そうだよね！　３色弁と……ぷふっ」

「てわけだ」

「ぷっ……あはは……はっ！」

心底可笑しいと言わんばかりに、お腹を抱えて笑いだす。まるで、何かが吹っ切れたかのような勢いだ。ひとしきり笑った南條凜は、不意に真面目な顔になって俺の目を見つめてきた。

「はーおかしー！　……ね、さっきのこと、皆には黙っていてくれないかな？」

「スマホのゲームのこと？」

「うん」

「あぁ、わかったよ」

ゲームが好きなくらい、特に変な趣味だとは思わない。それを言えば平折なんて相当なゲーマーだ。確かに、先ほどの溺愛や壊れっぷりはびっくりしたけれど。

「しかし、隠すほどのものでもないんじゃないか？　周囲に好きな奴も――」

「ダメ」

　有無を言わさぬ迫力だった。

「いや、その……」

「絶対ダメ」

　その瞳は何も映さず、底冷えするかのような昏いものを湛（たた）えている。先ほどの男子を振った時とは比べものにならない迫力だった。……これは、踏み込んではいけない部分だ。

　せっかく友好的な雰囲気だったのに、どんどんと良くない空気に侵食されそうになる。やれやれと肩をすくめ、空気を払うかのように、一つ大きなため息をつく。

「そうかい……だけどさっきみたいな風にはしゃいでいる方が、いい顔してるよ」

「な、なっ！」

　揶揄（からか）うような声色で南條凛を茶化す。目論見は成功で、どんどん顔を真っ赤にしていく。それを見ていた俺は、ニヤニヤしていたと思う。

「う、うるさいっ!!」

「おっと！」

　だからポスっと、癇癪（かんしゃく）を起こした子供のように、足を蹴飛ばされるのだった。

――誰かに言ったら承知しないから！

南條凜はそう言って、何重にも猫を被りなおしてから立ち去った。どうして猫を被るのかはわからない。それを追及するほど仲がいいわけでもないし、彼女に興味があるわけでもない。何か事情があるのなら触れずにいよう。

素の自分と猫を被った自分。……平折はどっ、ち、なんだろうか？　それだけが気になった。

「――くそっ」

俺はもやもやした気持ちと一緒に、から揚げを飲み込んでいった。

「うん？　どーしたんだ、昴？」

「別に……暇でな」

食べ終えた俺は、気付けば康寅の教室に足が向かっていた。

それだけ平折が気になっていたのだろうか？　無意識にその姿を探してしまう。

「大丈夫、吉田さん？」

「急に来ちゃったの？　薬ある？」

「保健室行く？」

「ん、大丈夫、です……すぐに良くなると思うから……」

目を向ければそこには、南條凜たちに気遣われる平折の姿があった。席に座っている平折はお腹に手を当て、どこか顔色が悪い。女子特有の障りを気遣われているようだったが、その唇を見てみれば、油でほんの少しテカっている。……どう見てもから揚げの食べ過ぎだった。

「なんだ吉田の奴、生理重いのか？　大丈夫か、保健室で薬もらってこようか！」

「ちょっと、祖堅君！」

「祖堅さいてー、デリカシーなさ過ぎ！」

「吉田さん本当につらそうにしているっていうのに！」

康寅は気遣いができる男を南條凛にアピールしようとするも、それはデリカシーが欠如した台詞によって裏目に出てしまっていた。馬鹿な奴だ。

当の平折といえば、皆の気遣いや康寅の台詞によって、羞恥に顔を赤らめ俯いている。

「康寅お前……」

「祖堅バッカでー！」

「男が口出ししたらダメな領分だろ」

「ははっ、謝っとけよ」

康寅は男子連中にも馬鹿にされ、笑いものになっていた。

……ははっ。違うぞ、皆。平折のあれはただの食べ過ぎだ。周りが変に勘違いしているから恥ずかしがっているだけだ。まったく、あいつはこっちでもポンコツなんじゃ――

「くぅ、昴まで笑ってんじゃねぇよ！」

「はは、すまん」

そう思うと俺は口の端が上がるのを抑えきれなかった。

どちらにせよ平折はフィーリア（平折）さんだ。

――ああ、そうか。


放課後、家路をたどりながら思い出すのは昼間の平折だった。

顔色を悪くして腹を抱えていれば、そういう風に心配もされることだろう。

だけど俺はアレがただの食べ過ぎだということを知っている。から揚げだけ弁当は男子の俺でさえ結構胃にもたれたのだ。線の細い平折にはキツイものがあったに違いない。だというのに周囲に勘違いされてあわあわしている平折は、見ていて微笑ましい気持ちになってしまった。

その真相を俺だけが知っている。そう思うと、どうしても口元がニヤついてしまう。

「ただいま、っと」

残暑が厳しい9月の半ば、家に帰るとひんやりとした空気に人心地着く。玄関には脱ぎ捨てられた平折のローファーが転がっており、慌てているというか、急いで部屋に戻ったというのが窺える。

それだけコラボアバターが楽しみだったのか？　そんなことを思いながら、キッチンに向かいレジ袋を降ろす。俺は買い物をして帰ってきていた。昨日より弥詠子（義母）さんは単身赴任をしている父のところに行っており、自分たちで夕飯を準備する必要がある。

（しばらく平折と2人っきり、なのか……）

別にそれは今に始まったことではないし、珍しくもない。しかし今回に限っては、妙に意識してしまっている。何故だか落ち着かない気持ちになってしまい、制服のまま着替えもせずに、まな板や包丁を取り出し準備をしていく。

今までこういう時の夕食は、弁当や外食など各自で済ますことが多かった。幼少期から父子家庭だったということもあり、料理はさほど得意ではないが、できないわけではない。

今日買ってきたのはカレーの材料だ。まず失敗することもないし、多めに作れば明日にも回すことができる。夕食代として渡されたお金が浮けば小遣いにもなる。

そういえば、カラオケセロリには『アグニ様のマグマカレー』なんてのもあったっけ……

そんなことを思いながら、買い物袋から直接野菜や肉を取り出し調理を進めていく。ちなみに俺は辛口と中辛をブレンドするのが好きだ。ルーはサラサラ系よりドロドロ系の方がいい。カレーといえばこのように人によって好みは千差万別だ。

平折の好みはどんなんだろう？

同じ屋根の下に住んで5年近く、そんなことさえ知らないことに愕然（がくぜん）とした。

沈んだ気持ちを振り払うべく荒々しく野菜を切り刻み調理を進めていく。気が立っていたのか、野菜はどれもデコボコと見栄（みば）えが悪い形になってしまう。何やってんだ、俺は。

そうして後は煮込むだけになり、残った野菜を冷蔵庫に入れようとしてそれに気付いた。

冷蔵庫の中には、皿に盛られラップされたから揚げが鎮座していた。きっと今朝と昼の残りだろう。もしかして平折の夕飯はこれだけなのだろうか？　今までのフィーリア(ゲーム)さん(の平折)なら、こういう時はどうしただろうかと考える。……その答えは明白だった。

……ったく、世話の焼ける奴だ。そう思った時には既に、二階への階段を上がっていた。

「平折、いるか？」

「〜〜〜っ!?」

ノックと同時に、ドタバタがっしゃん、扉の向こうから何か騒々しい音が聞こえてきた。

何が起こっているかはわからないが、これだけ大きな音を出されると何か悪いことをしたような気になってくる。落ち着いた様子を見計らって声をかける。

「いやその夕飯にカレーを作ったんだが、一緒にどうかなって……」

返事はすぐにはなかった。

時間にして10秒か、それとも20秒か。部屋の扉の前で立ち止まるには長い時間だった。

「……どうして？」

「っ！」

返ってきたのはそんな疑問の声だった。

確かに今までこういう時、夕食に誘ったことはない。動揺からか続く言葉は早口で、言い訳

「うん？」

めいてしまう。

「いや、そのな、お昼にあれな感じだったけど弁当作ってもらっただろう？　だからそのお礼というわけじゃないが、借りを作ったままなのも何だかなって思ってさ」

「……」

「あー、その、別にいらないならそれでいいんだ。だから、気にし――」

「……食べる」

ガチャリ、と。平折はほんの少し扉を開け、顔を半分だけ出しながらそう言った。

「――そうか」

そう答えた俺の顔は、ひどく安心していたに違いない。

倉井家のＬＤＫは一般的な間取りだ。リビングにまでカレーの香りが漂ってきている。

「ごはん、これだけで足りるのか？」

「……っ」

お米をよそった俺に、平折が小さく頷く。その量はこちらの半分にも満たず、いくら平折が小柄で線が細いとはいえひどく驚いてしまう。

訝しがっていると、チンとレンジの鳴る音がした。それと同時に平折がとてとてとそちらの方に向かう。まだ制服姿だった。着替える間も惜しんでログインしていたのだろうか？

「か、から揚げもありますので……」

平折は小さく呟きつつ、温めたから揚げのお皿をテーブルに持っていく。ついでとばかりに麦茶とスプーンも用意してくれる。

そして冷蔵庫の前で立ち止まり、おずおずと俺の方を見ながら尋ねてきた。

「その、卵……それとチーズ……」

「え………あぁ、じゃあ卵もらおうかな」

どうやら平折はカレーに生卵とチーズをかける派らしい。俺は普段何もトッピングはしないのだが、そう答えると少しだけ平折の機嫌が良くなった気がした。

2人分のカレーを置いて席に着く。目の前に座る平折は背を丸めて縮こまっており、少々緊張しているようだ。

そういえば2人きりの夕食なんてこれが初めてだった。釣られて緊張してしまいそうになる。

「い、いただきます」

「………ます」

俺の声と共に、平折も小さく手を合わせてから食べ始めた。

スプーンで生卵を潰し軽くかき混ぜ口に運ぶ。舌を刺す辛さが卵によってまろやかになり、甘みを引き出してくれている。初めて試してみたけど、これはこれでありだな。平折の好きな味なのだろうか？

その平折はといえば卵を潰した後、せっせとチーズをかけていた。ほんのり溶けかけるのを待っているのか、うきうきした様子でスプーンを手に待っている。

そして小さく一口。急に顔を赤くしたかと思うと、水に手を伸ばした。辛かったのだろうか？　それとも熱かったのだろうか？

「その、大丈夫か？」

「……っ！」

「そうか……」

返事はなく、こくこくと頷くのみ。明らかに涙目になっているのだが言葉はない。

その後はお互い無言だった。かちゃかちゃという食器がぶつかり合う音だけがダイニングに響く。

なんだか妙に気まずかった。何か話題がないかと必死に探し、気になっていたことを聞く。

「眼鏡、してるんだな」

「っ⁉」

その俺の言葉で初めて平折は、自分が眼鏡を掛けたままだったことに気付いたようだった。

どこか恥ずかしそうに頬を赤らめ、わざわざスプーンを置いて眼鏡を外す。

「……その、テレビやゲーム、授業の時は掛けてます」

「そっか……それと、あーその、昼、お弁当ありがと」

「……ッ！　べつにその、あれくらい何でもないです……」

「そっか」

「はぃ」

弁当の件も話題に出してみるも平折の答えは素っ気（そっけ）なく、どことなく気まずそうにしており話も広がらない。俺たちの間に置かれているから揚げの減りは遅い。お互いが躊躇（ためら）っている。

普通の兄妹ならこういう時、どういうやり取りをするのだろうか？

なんとも言えないまま夕食の時間が過ぎていった。

「……ごちそうさま」

「あぁ」

結局その後、最後のから揚げを無理矢理飲み込んだ平折は、逃げるように自分の部屋に戻っていった。俺はその後ろ姿を見送り、残りをタッパーに移し変えて冷蔵庫に入れる。

台所で鍋にこびりついた汚れに悪戦苦闘しながら、平折のことについて考える。随分とらしくないことをしたと思う。今までほぼ没交渉だったのだ。フィーリアさん（ゲームの友人）が平折（義妹）だとわかった途端、態度を変えるのはいかがなものか？

そんなことをぐるぐると頭の中で考えては、ぐしゃぐしゃとスポンジを強引に食器に擦（こす）り付けていく。

そしてふと――オシャレをした先日の清楚で可愛らしい平折の姿が脳裏にチラつく。

可愛いと思ってしまった。平折はどういうつもりであの格好を――

「ああ、くそ！」

このもやもやした気持ちを洗い流そうと、鍋や食器を荒々しく磨き上げていった。

自分の部屋に戻っても、まだ胸の内は陰鬱（いんうつ）としているままだった。

嫉妬にも似た感情が渦巻き、自分でもどうしていいかわからない。それでもゲームにログインしてしまうのは、習慣としか言いようがなく自嘲してしまう。

『辛い、辛かったよ、クライスくん！　それに熱かった！　あと遅い！』

ログインして早々フィーリア（平折）さんにそんな抗議を受ける。

どうやら辛口は好みではなかったらしい。

『悪かったよ。それと洗い物をしていたからな』

『それから見てよこれ！　おかげ様で早速もらえたよ！』

フィーリア（ゲームの平折）さんは、鳥の羽をあしらった純白のワンピースを纏（まと）っていた。細部は金糸（きんし）の刺繍が施されており、キャラの狐耳にも金のイヤリングがきらりと光っている。それを俺に見せ付けるように、くるくると回って手を広げるモーションを繰り返していた。

夕食のこともあってフィーリア（平折）さんと何をどう話せばいいだろうか？　そんな気持ちがあった。だけどこのいつものやり取りに、先ほどまでのモヤモヤした気持ちは嘘のように晴れていく。我ながら単純だ。

『なかなかふとももが際(きわ)どいつくりだよね。そしてパンツが見えそうで見えない……もしかして工程的に手を抜いたとか？　いかん、いかんよ！　そう思わないかね、クライスくん⁉』

『いや、俺には何でそこまでパンツに拘(こだわ)っているのかがわかんねーよ』

『かーっ、わかってないね、美少女のパンツだよ⁉　色とかデザインが気になるじゃん！　あ、それとも胸の方が気になるやつ？』

『おっさんかよ』

『ふひひ』

そう言って新しいアバターをおっさん臭くも嬉しそうに話す様は、いつも通りのフィーリアさんだった。一見俺が邪険に扱っているように聞こえる会話だが、そこには今まで築き上げた、ある種の信頼感めいたものがある。だから、ゲーム内(こちら)では遠慮なくモノを言える。

『それより、から揚げだけ弁当の方が気になった。何だあれ？　人には見せられるようなものじゃなかったぞ』

『あはは一、だよねー。私も1人でこっそり食べたよ』

『それで胃もたれ起こして心配されちゃ世話ないな』

『えっ！　ちょっとアレ(ゲームの平折)見てたの⁉　うぎゃーっ！』

そう言ってフィーリアさんは頭を抱えて転がりまわる。同時に隣の部屋からもガタッと物音が聞こえてくる。俺は自然と笑っていた。

悪友同士、馬鹿話をしている感覚だ。先ほどまで色々考えてた悩みなど、些細(ささい)なことだと思ってしまう。それくらいフィーリアさんと話すのは楽しい。

だからこそ現実世界でも、もっと平折(フィーリアさん)と話せれば——

『さ、亀狩りに行こう！　今日こそ素材ゲットするんだ！』

待ちきれないのかフィーリア(平折)さんは先行して狩り場に向かう。ぐいぐい前を行く彼女を追いかけるのはいつものことだ。だから顔も見えず、背中越しにかけられた言葉は不意打ちだった。

『今日はカレーありがと。美味(おい)しかった』

「——ッ！」

サラリと告げられた言葉に、胸が跳ねる。自分の顔が熱くなっていくのがわかる。

先ほど自分を単純だと思ったが……本当に俺は単純なようだ。

できれば、直接言ってほしいと願うのは贅沢(ぜいたく)なんだろうか？　そのためにはもっと——

——……ああ、そうか。

ぐだぐだと悩んでいたけど俺、もっと平折と仲良くなりたいんだ——

4時間目 Play Time. 知らなかったこと

9月も半ばを過ぎて、幾分か柔らかくなった朝日がカーテン越しに部屋に差す。

俺はそれをベッドの中から、鈍(にぶ)い頭でぼんやりと眺めていた。

昨夜は寝つきが悪かった。自分の中に見つけた気持ちに戸惑いのようなものを感じてしまっている。それがどういう類(たぐい)の感情なのかよくわからない。だからどう処理していいのかもわからない。ひとたび意識してしまうと、焦燥感にも似た、胸を掻(か)き毟(むし)りたくなるような思いに駆られてしまう。

……思えば、虫のいい話だと思う。家でも学校でもロクに会話した記憶もない。平折(ひおり)にしてみれば、突然どうしたんだと思うかもしれない。事実、昨日の夕食はギクシャクしていた。

「でも、嫌われてはいないよな……？」

自分を鼓舞するかのように呟(つぶや)いてみるも、確信には至らない。ゲームの中の平折(フィーリアさん)と現実世界の平折、その反応は極端に違う。思考の袋小路に入りそうになったところで、頭を振りベッドから出ることにした。時刻を見れば、目覚ましがまだ鳴る前の時間だった。

「……あ」

「っ！」

階段を降りれば、リビングから出てくる平折と鉢合わせた。

鞄を持っているところを見るに、今から登校するつもりなのだろう。

「……」

「……」

互いに僅かに視線を逸らし、無言の時が流れる。

何か言うべきなのだろうか？　何を言ったらいいのだろうか？

時間にして数秒の、しかし、ただただ気まずい時間だった。

「…………っ」

平折はこの空気に堪えられなくなったのか、赤く染めた顔を伏せ、俺の脇をすり抜けて玄関に向かう。

「平折っ！」

「～っ!?」

それは無意識の行動だった。気付けば平折の手首を掴んでいた。

自分でもどうしてそうしたのかはわからない。平折のひんやりとした肌の感触や、そのあまりの細さにもびっくりしてしまう。

「あ……ぅ……」

「っ！　いや、その……」

平折が辛(かろ)うじて搾(しぼ)り出したようなか細い声で我に返り、慌てて手を離す。しかし何かを言わねばという思いから、必死にかける言葉を探し出す。

「……おはよう、平折」

「…………ぁ」

口から出てきたのは、そんな挨拶(あいさつ)だった。もっと気の利(き)く台詞(せりふ)もあったと思う。自分で自分が嫌になる。平折は無言で俺に掴まれた部分を、もう片方の手でさするようにしながら踵(きびす)を返し、背を向ける。その感情は読み取れない。

「……ぉ、はよぅ」

「……っ！」

その声は小さく、少し遅れてだけど、確かに返ってきた。

耳や首筋まで真っ赤になった平折が、逃げるように玄関を開けて飛び出していく。

たった一言の台詞が、不安や後悔を洗い流していくのがわかる。

なんだか足元が軽くなった気がした。やはり俺は単純なのだろう。

「実力テスト返すぞ～、赤点は追試と補習があるから心するように」

朝一番のＳＨＲ(ショートホームルーム)、そんな教師の発言で、教室の中は阿鼻叫喚(あびきょうかん)の様相となった。

聞いていない、補習とかはないって言ったのに、等と抗議の声も聞こえてくる。そんなもの知ったことかと一気に返されるテストの束に、教室は悲喜こもごもの空気に包まれる。

これは夏休み明け早々に行われたテストだった。テスト範囲は夏休みの課題のものだったので、きちんとしていればそれほど苦労はしない。俺はと言えば上の下といった成績だった。まずまずの結果に胸をなでおろす。

……そういえば平折はどうなのだろうか？

今まで気にしたことなかったのに、何故か妙に気になって仕方がない。気付けばＳＨＲが終わるなり隣のクラスに足を運んでいた。

繰り返すが、俺と平折に学校での接点はない。急に話しかけたりするのは不自然だろう。

まずは康寅(やすとら)はと探してみれば、机の上に突っ伏して微動だにしない物体を発見した。それは全身から近寄りがたい陰鬱(いんうつ)なオーラを発する屍(しかばね)だった。クラスメイトも腫(は)れ物を扱うかのように遠巻きに見ている。

一瞬声をかけるのも躊躇(ためら)われたが――ここで引き返すと平折の様子を窺(うかが)うこともできない。

大きなため息を一つつき、観念して話しかけた。

「どうしたんだ、康寅？」

「昴(すばる)……へへ、やっちまったんだぜ……」

突っ伏したままの体勢でくぐもった声で答える。それが一層辛気臭(しんきくさ)さを演出しており、正直ちょっと気色悪い。

「赤点か。いくつだ？」

「……全部」

「逆に凄いな」

そしてそのまま動きを止め、哀愁漂うオブジェに戻った。話す気力もないのだろう。

康寅は普段から遊び惚けてあまり勉強をしないので成績が悪い。去年の成績も進級ギリギリで、勉強の世話をしたのも記憶に新しい。赤点は完全に自業自得なので同情はしない。

「………ふふっ」

そして視線を移せば康寅と同じように、虚ろな表情で嗤う女子がいた。平折だった。その焦点の合わない瞳は絶望に彩られている。……悪かったのだろうか？

「うそ、凜ちゃん全教科90点越え!?」

「数学なんてかなり嫌らしい問題だったのに!?」

「南條さん、マジかよ……」

「さすが成績首位独走者、実力テストでも圧勝か」

「あはは、たまたまだよ～」

そんな2人とは対照的に、クラスメイトに囲まれ照れ臭そうにしている女子がいた。南條凜だ。何人かと答案を持ちより、間違えた個所を教え合っている。ああいうのを才媛というのだろうか？　平折はグループの隅の方で眩しそうに南條凜を見つめており、いつの間にか復活した康寅は、ほう、とため息をついて見惚れていた。

俺も釣られて見てみるも、どこか彼女に違和感を覚えてしまう。先日の非常階段の時ともまた違う。まるで無理して明るく振る舞っているみたいで、顔もどこか普段と違――

「あっ」

うっすらとだが目の隈を隠すように化粧をしていた。寝不足なのだろうか？

「どうした、昴？」

「いや、なんでもない」

急に声を上げた俺に、怪訝な顔をする康寅。女子の目の隈を指摘するというのは野暮だろう。

そんなことを考えていると、何故か南條凜に話しかけられてしまった。

「倉井君はどうだった？　そこそこ成績良かったよね？」

「っ!?」

「昴っ!?」

「ふえっ!?」

それは予想外の問いかけだった。訳がわからなかった。平折も康寅も思わず声を上げてしまう。俺も変な顔をしていただろう。

南條凜がクスクスと、どこか揶揄うような笑みを零す。康寅はどういうことだと怨嗟の込も

った目で睨み、平折はお化けか幽霊に遭遇したかのような驚愕の表情を浮かべている。

俺と南條凛に接点はない。あるとすれば先日の非常階段での一件だけだ。普段通りにしていれば、まず関わることはない。

──一体、どういうつもりだ？

妖しく笑うその口元から、被っている猫がどこかへ逃げ出しているのがわかった。

「よく、知っているな……」

「ふふっ」

混乱する頭で、どうにか搾り出した台詞がそれだった。目の前までやってきた南條凛は、上目遣いで俺の目を覗き込んでくる。造形の整った相貌に、手入れの行き届いた艶やかな髪。この位置からならばそのスタイルの良さも確認しやすい。何も知らなければ彼女にときめいたかもしれない。人好きのしそうな笑みを浮かべる瞳はしかし、どこか俺を探るような、何かを伝えようとしているような──どちらにせよ俺にとって、不穏な色を湛えている。

俺には彼女の意図がわからなかった。しかし、まじまじと見つめられるのは色々と困る。その気がないとはいえ、ドギマギしてしまう。

「倉井君の名前は、成績上位者の張り出しでよく見かけるからね」

「……せいぜい、端の方だと思うけど」

「あはは、だから逆に覚えちゃったのかも」

そう言って、ころころと鈴を転がすような声で笑う。

教室中の視線が俺に集まる。方々から『誰だっけ、あの人？』『祖堅君とよく一緒の』『あまり他の人と喋っているの見たことないけど』などと呟く声が聞こえ、奇異の視線に晒される。

思わず見世物になったみたいでたじろぐ。しかしそれを逃がさないとばかりに、南條凜は一歩詰め寄ってきた。

口元に浮かべる笑みが、どうしてか獲物を捕食する肉食獣のように見えてしまい、違う意味でドキリとしてしまう。

「ねぇ、倉井くん――」

「南條さん、昴のこと知ってたんすか⁉」

「や、康寅」

「いやー、こいつ無愛想だけど勉強だけはそこそこ出来て……知ってます？　こいつ試験期間中もゲームばっかりして徹夜を――」

「おい、康寅」

「あ、あはは……」

他にも調子に乗って『寝ぼけてビーチサンダルで登校してしまった』『食堂で蕎麦を食べながらクシャミをして鼻から出してしまった』といった俺の失敗談を面白可笑しく話し、南條凜だけでなくクラス中の笑いを誘っていく。

いつもなら強引にでも制止するところなのだが、話題の流れが康寅へと移っていったので、敢えて止めはしなかった。それに俺のだけじゃなく自分の失敗談も交えて話すあたりが、なんだかこいつの憎めないところだ。

――助かった、な。周囲を見渡すも、既に俺に注目している者はいない。

「――くすっ」

微かな笑い声が耳に入り、そちらへと視線を移す。平折だった。康寅の話を聞いて微笑ましいと言わんばかりの笑みを浮かべている。しかし俺がその視線に気付き、目が合うと逸らされてしまう。だけど――

「あ……」

「どうした、昴？」

気付いてしまった。

「なんでもない、戻るわ」

「あ、オレ弄りすぎた!?　ごめんて！　昴ー！」

「ちげぇよ！」

「おい、そんな顔するなって！」

どんな顔だよ！　と、思わず心の中で康寅に突っ込む。

そうだ。初めて、平折が笑う顔を正面から見てしまった。不意打ちだった。柔らかく細められた瞳に、クスリと小さく上がった唇の端。想像以上に優しげに笑っていた。

それらが俺に向けられたものだと思うと、なんだか無性に恥ずかしくなって――

(あぁ、くそっ!)

――それがバレないよう、逃げるみたいに自分の教室に戻るのだった。

朝からそんなことがあったせいか、その日は一日中やたらと康寅に絡まれてしまった。

それが妙に鬱陶しくて、放課後のチャイムと同時に逃げるように帰宅した。

『ちょっと、クライス君!　南條さんと何かあったの!?』

『……いや、何もないが』

そしてログインして早々フィーリアさんに詰め寄られる。どうやら康寅だけでなく平折も気にしていたようだった。

『別に南條さんのあんな態度なんて、珍しいわけじゃないんだろ?』

『それはそうなんだけどね……うぅん、上手く説明できないけど、南條さんがいつもと違ったというか……』

『……気のせいだろ』

『ぐぬぅ』

思わずドキリとしてしまう。『本当に、南條さんとは何でもないn』、再びそう打とうとして……消した。あまりに繰り返して言えば、かえって怪しまれると思ったからだ。

それに上手く説明できる自信もなかった。このまま平折の気にし過ぎだということでシラを切ればいい。まったく厄介なことをしてくれた。南條凜に対し、そんな恨み言めいたことを思ってしまう。

確かに、俺と南條凜の間には秘め事めいたものがある。

でもそれは色っぽいような話でもないし、聞けばきっと下らないと思うようなことだ。

南條凜の猫被りは、わざわざ秘密にしてくれと言うくらいだ。平折も知らないのだろう。もしかしたら他に知る者はいないのかもしれない。わざわざ喧伝して回るほど俺の性根は歪(ゆが)んじゃいないし、そこまで彼女に興味があるわけでもない。

だけどどうしてか平折に隠し事をしているようで、後ろめたいものを感じてしまい、何だか落ち着かなくなってしまう。

『メイクもいつもの感じと違ってた気も……何かあったとは思うんだよね……』

『俺が知るわけがないだろ』

しかし平折は、納得していないようだった。

まったく、憧(あこが)れというだけあって彼女の細かな変化にまでよく気がついている。それだけ平折の興味を引いている彼女に嫉妬めいた感情を抱いてしまう。

だから先ほどから答える言葉が、ぶっきらぼうになっている自覚はあった。

『平折は南條さんのこと、よく見てるのな』

『そりゃあ、孤立から救ってくれた恩人だからね』

――――。予想外の言葉だった。一瞬、思考が停止してしまい、意識が急速に冷え込んでいくのがわかる。まるで背中に氷柱（つらら）を差し込まれたかのようだ。

『孤立？』

『中学の頃ね……ほら、現実の私の性格ってあんなだし、お母さんの再婚で地元も離れちゃったから』

『……そうか』

『だから、南條さんには感謝してるんだ』

明るくなんでもないようにフィーリア（ゲームの中の平折）さんが言う。だからそれが既に過去の話だというのがよくわかる。だというのに心臓が喧（やかま）しいほどに早鐘を打つ。手は汗に濡れて震え、キーボードを打つのも覚束（おぼつか）ない。すぐに答えられたのは奇跡だったと思う。

ここ最近の平折の姿を思い返す。一見真面目で大人しそうで、だけどどこか抜けていて目が離せなくて――そして決して、1人で寂しそうにしている顔を見たことはなかった。

脳裏に浮かんだのは、今朝俺に向けられた笑顔。

それが何故か、急に色褪せ崩れていく。

『他にも、助けてくれた人もいたしね』

『そっか』

『感謝してるんだよ？』

『そっか』

思考はぐちゃぐちゃで、相槌以上の台詞が出てこない。平折が何か言っているが、その意味がよくわからない。ただ、罪悪感にも後悔にも似た感情が、胸の中で荒れ狂っている。


その夜、なかなか寝付けないでいた。色々考え過ぎて気疲れしているはずなのだが、一向に眠気はやってこない。

――平折が孤立していた。

そんなことも知らなかった。ごろりと何度も寝返りを打ち、ロクに睡眠をとったという実感がないまま朝を迎えた。


気分は最悪だった。

眠くて頭がフラつくクセに思考は妙に冴えている。重い身体を引きずるようにしてベッドから這い出した。なんだか平折と顔を合わせづらい。

「……っ！」

「平(ひ)ぉ……」

だというのに、部屋の扉を開けていきなり顔を合わせてしまった。どうやら同時に部屋から出てきたらしい。名前を呼ぼうとするも尻すぼみになってしまう。

平折は既に制服姿で手には鞄を持っている。もう家を出るところなのだろうか？

普段と変わらぬ様相で、その表情に影はなく、小さな安堵(あんど)のため息をつく。

「……」

なんともいえない沈黙が流れる。平折は目線を逸らしつつも、俺を意識しているのがわかる。だけど、どうしたことか俺の方が平折を直視できなかった。

「……ぉ」

「――ッ！」

不意打ちだった。それはいつもと違った変化だった。平折の方から、何か言葉を口にしようとしている。なんて言おうとしたかわからない。だけど――急に怖くなってしまった。

動揺したまま、まるで逃げるように、自分の部屋に舞い戻る。そのままずるずると、扉を背にして床に吸い寄せられるかのようにへたり込む。背中からは、あたふたとしている平折の気配が、扉越しに伝わってくる。それが余計に、罪悪感を加速させた。何やってんだ俺は……

その日、俺は朝から暗澹としていた。

休み時間もしかめっ面で頬杖をつき、周囲に負のオーラを撒き散らす。さぞかし周囲は迷惑なことだろう。昼休み、そんな俺にわざわざ声をかける奇特な奴は康寅くらいしかいない。

「今日はどうしたんだ、昴？　便秘か？」

「ちげーよ、康寅」

へらへらと茶化すようなこの友人の言葉が、実は心配してのことだというのもわかっている。

……正直なところ、吐き出して相談したくもあった。だけど、それはできない。

陰鬱な顔で首を振る俺に、何かを察したのか、康寅はそれ以上何も言わなかった。

「昼どーすべ？　学食？　購買？」

「あー……今日弁当だから」

「そっか」

「すまん」

これ以上康寅に気を遣わせまいと嘘をつく。

食堂に向かう康寅を見送って席を立つ。どこか気晴らしになるような場所に行きたかった。

廊下に出れば、あちこちから活気のある声が聞こえてくる。それが今はちょっと煩（わずら）わしい。

「ねぇねぇ、お昼どうする？」

「涼しくなってきたしさ、中庭に行かない？」

「じゃあ購買かな～」

「いいの残ってるといいんだけどね～」

　廊下を歩いていれば南條凛を中心とした女子たちとすれ違う。そこには当然、平折もいた。

「あ……」

「――っ」

　目が合ってしまった。今までならもし視線が合ったとしても、そのまま何事もなかったかのようにやり過ごすところだろう。だというのに――

「……っ」

　平折はこちらの方を見ながら、ぎこちなく小さく手を振ろうとして――そこで俺は目を逸らしてしまった。きっと今の俺は変な顔をしている。それを見られたくなかった。

「ん？　どうかした、吉田（よしだ）さん？」

「……うぅん、なんでもないです」

「そう？　大丈夫？」

「はぃ……」

俯き、顔を見ないようにして平折たちとすれ違う。

「あ！」

「凛ちゃんどうしたの？」

「ううん、なんでもない」

「早く行こ？」

お昼何にしようか？　昨日の番組のことだけど！　来週の追試いやだなぁ。

目まぐるしく変わる彼女たちの話を背中で聞く。楽しそうな会話だ。その輪の中に、平折がいる。それはとてもいいことだ。だけど……

ギィ、と鈍い音を立て扉が開く。そして非常階段に腰掛けて、大きくため息をついた。

「はぁ……なにやってんだか」

そう言って空を見上げる。ぐちゃぐちゃになっている心の内とは正反対に、雲一つない快晴だ。

目を瞑れば平折の顔が思い浮かぶ。今朝から随分と嫌な態度を取ってしまっていた。せっかく縮まりかけた距離がまた開いてしまうかもしれない。そう思うと余計に陰鬱な気分になってしまう。

こういう時フィーリアさんなら、今まで平折と知らなかったフィーリアさんなら――

「見つけた！」

「フィー……南條、さん？」

「って、うわぁ……辛気臭っ！　やめてよね、あたしにまで伝染しちゃう」

「……うるせーよ」

この状況に混乱していた。非常階段は校舎の北側、あまり人が寄り付かない場所にある。日当たりも悪くジメジメしていて薄暗い。好んで来るような場所じゃない。そもそも南條凜は、さっきまで平折たちと一緒だったはずだ。

「あーもぅ、何そんな暗い顔してんのよ！　あ、もしかしてあたし？　惚れちゃった？　いやぁ可愛いって罪ね」

「うるせーよ、厚化粧」

「なっ!?　あ、あんたねぇ、乙女に向かって何てこと言ってんのよ！」

「乙女……？」

「って、何笑ってんの!?　失礼な奴ね、まったく！」

「くくっ」

よく見れば、またも南條凜は目元の隈をメイクで隠そうとしていた。そして妙にテンションが高い。

不思議な感覚だった。

南條凜のことは康寅が話題にするのを聞く程度だ。ましてや本人とろくに会話なんてしたこともない。だというのに、まるで長年の悪友に接するかのような言葉がスラスラ出てきてしまう。

この既視感めいた感覚には覚えがあった。かつての平折の言葉と共に、フィーリアさんと南條凜の姿が重なる。

「まぁいいわ。それより聞きたいこ――」

「なぁ、今まで親しかった友人が過去イジメに遭っていたことを知ってしまったら、どうすればいいと思う？」

「――はぁ？　いきなり何よ？」

「いいから、参考までに聞かせてくれ」

「……祖堅君がイジメられてたとか聞いたことないけど？」

「違う、その……他校のやつだ」

思えば、突飛な質問だ。

南條凜は訝しそうな顔をして俺の目を覗いてくる。言葉の意味は何かと、探るような瞳だ。

「……ふぅん？」

……唐突過ぎたか？　よくよく考えれば、普通の友人だろうと答えにくい質問だ。

「つまり、その友人が実は裏でイジメられていたのを知らなくて、それを最近偶然知っちゃってどうしようかって悩んでいるってこと？」

「……そうだ」

「なるほどね」

だというのに、簡潔にこちらの意図を汲み取ってくれる。舌を巻く。

南條凜の瞳がスゥっと細められる。いつもの人当たりの良い気配はどこにもなく、どこか品定めされるかのような視線が突き刺さる。

「馬鹿じゃないの？」

「……なっ！」

そして返ってきたのは意外な言葉だった。呆れた顔で、さも下らない悩みだと一刀両断する。

「もしくは相手を馬鹿にしているわね」

「おい、南條っ！」

思わず声を荒らげてしまった。カッと頭が熱くなる。

――俺が平折を馬鹿にしている？　その言葉は看過できなかった。

俺の声に驚いたのか、南條凜は目を見開き「へぇ」と嘆息。何か珍しいものを目にしたかのように俺を見る。そしてどこか愉快そうに、しかし悲しそうな不思議な顔で笑いを零す。

「ねぇ、その友達はなんで黙っていたんだと思う？」

「なんでって……」

それこそ俺が聞きたかった質問だ。

しかし南條凜はちゃんと考えたの？　と、俺を窘めるかのような表情をしていた。思わず、詰め寄ろうとした足が止まる。

……平折が俺に言わなかった理由？

「知られたくなかったんじゃないの？」

「そんなっ――」

「逆の立場だったらさ、あんたならどうすんの？」

「それ、は……」

恐らく、黙っていただろう。心配かけたくもないし、ゲームでは対等な親友だった。

現実でそんなことがあったとしても、遊ぶ上では些細なことだろう。

だって、ゲームでは確かに友人として……あぁ、そうか。

「その相手とこれからどうしたいか――過去より未来の方が重要じゃない？」

「……もっともだな。ありがとう、目が覚めたよ」

「どういたしまして」

大仰に返事をする南條凜は何か眩しいものを見るように目を細める。

その表情の意味はわからなかったが、なんだかこそばゆかった。

「くすくす。それにしても、よほど大切な友人なのね」

「……うるせーよ」

「羨ましいわ」

「は？」

「先日ここで告白された相手、見たでしょう？　真理ちゃん……同じクラスでよく一緒の子がさ、彼のこと好きだったんだって」

「それ、は……」

「おかげで陰じゃビッチ呼ばわり。まぁ珍しいことじゃないけどね」

「……」

そう言って、南條凜は困ったような顔で嗤う。

言葉がなかった。彼女が何故猫を被っているかわからないが、その原因の一端を見た気がした。何かを言うべきか逡巡するも、何て言っていいかわからない。そもそも彼女とはそこまで踏み込むような間柄じゃない。だが、今しがた世話になったのは確かだ。

「俺は――」

「それよりも！　聞きたいこ――」

きゅううううう

可愛らしい音色が話を打ち切った。

「聞いた？」

「聞いた」

「こういう時は耳を塞(ふさ)げ！」

「無茶言え」

顔を真っ赤にしながら文句を言われるが、渡りに船と感じたのは確かだった。

——まさか南條凜に相談するなんてな……

ロクに話もしたことない相手に、何やってんだか。目の前にいる華やかな美少女は、お腹の音を聞かれたことを恥ずかしがって、ぽすぽすとその足で俺の足を小突いてくる。その様子がまるでフィーリア(ゲームの平折)さんじみていて、あぁだから相談してしまったのかと笑いが零れる。

「俺はもう飯に行くけど、お前は行かないのか？」

「〜〜〜っ！　行くわよ！　知り合い待たせてるし！」

南條凜——本当、不思議なやつだ。


朝も昼も平折に対して変な態度を取ってしまった。

午後の授業の間、そのことばかりが気になっていた。うじうじと自分勝手なことで悩んでしまったが、色々と気付かせてくれた南條凜には感謝している。

そうして迎えた放課後。

「昴、帰りどーする？」

「ん、今日は帰るわ」

「そうか、じゃあまた明日な」

「おう」

康寅が声をかけてきた。それは遊びの誘いというよりかは、俺が大丈夫かどうかの様子を見に来てくれた感じだ。おかげで少し気が楽になる。

しかし平折に妙な態度を取ってしまったのは事実だ。謝ったほうがいいだろう。だけど、どうやって？　帰路をたどりながら考えるが妙案は浮かんでこない。

平折と会話した記憶があまりに少ないため、こういう場合どうしていいかわからない。

――こんなとき、普通の家族ならちゃんと通じ合えることができるのだろうか？

奇妙な形で、平折との距離を再確認してしまうことになった。

……ああ、そうだ。ゲームでならどうだろうか？　平折もオフ会のお礼などもチャット越しじゃなかったか？　もしかして、あの時の平折も同じ気持ちだったんじゃないだろうか？

そう思うとなんだか心が軽くなり、口元が緩んでくるのがわかる。そうだ、ゲームで――

「……っ!?」

住宅街に差し掛かる途中の交差点。

そんなことを考えていた矢先のことだったので、心の準備ができていなかった。

「平折……」

「～～っ！」

真面目そうだが地味な感じの女の子——平折が両手を握って小さく構え、よし、と言わんばかりに顔を赤く染めながらこちらを見据えている。どう考えても俺を待ち構えている様子だ。

一体どうして？　今までの平折からは考えられない行動だ。

「「……」」

平折は何かを言うわけじゃなく、俯き加減でチラチラとこちらの様子を窺っている。真っ赤になった耳が覗く。まだ陽が高い住宅街に、平折と２人無言で佇(たたず)む。

胸の内は複雑だった。

どう受け止めていいかわからない。ただ、平折に嫌われてはいないということがわかり、胸の中に温かなものが広がっていく。それが何故か、無性に気恥ずかしさに拍車をかけた。

「帰るぞ」

「うん」

出てきたのはそんな言葉だった。自分でもどうかと思うような台詞だ。小さく頷く平折の姿に、どうしようもなく落ち着かない気分にさせられる。

やがてゆっくりと歩き出す。日中の暑さが和(やわ)らぎ、夕方ともなれば秋の気配を感じる。

そんな帰路を、平折は俺のほんの少し後ろを歩く。

不思議な気分だった。背後に感じる気配に安心感にも似たものを感じてしまっている。


そして、何故か——懐かしいと感じてしまった。


昔、こういうことがあったのだろうか？

……わからない。だけど、悪くない気分だった。だからこそもどかしい気分になる。俺と平折の間の僅か数歩の距離が、何よりも遠いと感じてしまう。

考えてもみれば、平折とは不思議な関係だ。引っ込み思案で、だけど真面目で大人しい。ちょっと抜けていてポンコツで、ゲームではおっさん臭い悪友。そして、俺より3ヶ月（ほんの少し）だけ年下の女の子（義妹）。きっと、この離れているほんの数歩分が、今の平折との距離なのだろう。

それが何だか無性に嫌なものに感じた。

ともすれば胸を掻き毟りたくなるような感情に襲われ、それを振り払おうとすると自然に足早になる。そうなると必然、元の歩幅が違うのもあり平折と距離が開いてしまう。

「……っ！」

しかし平折は置いていかれまいと、小走りになりつつ距離を詰めてくる。だけど、その距離は先ほどと同じ数歩の距離。……今まで平折と接してきたときと、同じ距離。

滑稽だった。俺たちは、ただただ不器用だった。

背中から落ち着きのない気配を感じ——そして、俺も落ち着いてなんかいない。

もどかしいと思っているのは平折も一緒なのだろうか？

家路を目指す道は無言のまま。何かを言いたかった。でも何を言っていいかわからない。

何かが変わり始めた。だけどその距離はまだ変わっていない。

「「……」」

そして結局何事もなく——何かを起こすことも起きることもなく、家に着いてしまう。

「……ただいま」

「……ぃま」

互いに無言のまま靴を脱ぐ。気まずい空気を感じていた。

このままでいいのだろうかと、そんな焦りだけが募っていく。

「平折……っ」

「……っ！」

階段を上がろうとした平折は、ビクリと肩を震わせ足を止める。

「あ……いや……その……」

無言の背中を直視できない。そもそも気持ちが空回ってしまい声をかけただけだ。話す内容なんて考えていない。

「……なんでもない」

「……うん」

小さな返事の声だけを残し、平折は自分の部屋へと戻っていく。俺はただ、それを見守るだけしかできなかった。自分の不甲斐なさばかりが浮き彫りになった気がする。

平折に遅れてのそのそと階段を上がる。足取りは重く、脱力したその姿はまさしく腑抜（ふぬ）け以外の何ものでもなかった。

「はぁ～」

そして制服のままベッドに寝転がれば、そんな自分を嘲笑（あざわら）うかのようなため息が出た。このままじゃいけない、なんとかしたい——その気持ちだけが募り、空回る。考えても答えは出ず、やがて意識が闇に飲み込まれ遠のいていく。あぁ、寝不足だったたっけ……——

……そして、夢を、見た。

目の前には少しオシャレをした小さな少女——出会った頃の平折。隣には弥詠子（平折の母）さん。そしてたくさんの大きな荷物。どうやらうちへ引っ越してきた時の夢のようだ。

当時の俺は、平折にどう接していいかわからずにいた。思えば話しかけるときも『んっ』とか『おまえ』くらいしか言わなかった気がする。それが、どうして『平折』と名前を呼ぶようになったんだっけ……？

2人とも難しい年頃だった。それでも、最初は互いになんとかしようとしていたとは思う。だけどリビングにいても平折は本を読んでばかり、俺はゲームばかりをしていたと思う。何を話していいかわからなくて、もどかしくて――

『んっ』

『……え？』

『んっ！』

『わ、私？』

そうだ、ぶっきらぼうにゲーム機を……

――コンコン

どうやら眠っていたらしい。

窓は赤く染まり始めており、それほど長く寝ていたわけではないみたいだ。

――コンコン
何かの音がしているようだ。この音に起こされたらしいが、寝起きの頭は上手く働かない。

――コンコン

あー、扉の方から聞こえ――

「あ、あの！」

「うぉっ!?」

平折の声だった。聞いたことのないくらいの、大きな声だった。

思わずびっくりして、ドタバタがっしゃん、ベッドからずり落ちる。

「だ、大丈夫、ですか？」

「いてて……あぁ、大じょう……ぶ……」

驚きながらも扉を開けると、そこには予想外の平折の姿があった。

「……平折？」

「～～～っ！」

いつもと違って、髪を下ろした姿だった。濡れ羽色の艶のある髪はよく梳（と）かされて、癖毛（くせげ）なのか先の方だけは緩くウェーブがかかっているのも可愛らしい。服も先日見たハイウェストで絞った桜色のワンピース。家の中だからか上着は脱いで、ノースリーブから見える肩が眩（まぶ）しい。普段穿（は）かない短い丈のスカート部分は、不安なのか手でもじもじと押さえていた。そして、よく見ればうっすらと化粧もしている。

あの日、フィーリアさんとして出会った平折の姿、そのものだった。

頬を紅潮させ恥ずかしそうにするがしかし、その瞳はどこまでも強い意志を感じさせる。

——勝負服。何かを変えるための戦いに赴く姿は、そんな言葉を思い起こさせた。

その気迫に思わずたじろいでしまう。

「すぅ——ふぅ〜〜」

大きく一つ深呼吸、そして「よし！」と小さく拳を胸の前で握り、気合いを入れて俺と向き合う。

釣られて自ずとこちらの背筋も伸びてしまう。

「げ、ゲーム！」

「……え？」

「わ、私とゲーム、しませんか?!」

「え……あ、あぁ」

一世一代の大勝負を仕掛けようとする姿の平折から、思わぬ言葉をいただいてしまった。

だけど、本気だったのだろう。どこまでも真剣だったのだろう。目の前の平折は耳まで真っ赤に染め上げて、目尻には涙を浮かべ、ぷるぷる肩を震わせている。

——そこまで気合いを入れてまで言うことか？　思わず、口元が緩んでしまうのがわかる。

「ま、待っていますから！」

「……わかった」

それだけ言って逃げるように自分の部屋に戻るもしかし、「ぴゃあっ！」と慌て過ぎて扉にぶつかる平折の姿が見えた。

……ははっ。なんだか、色々悩んでいるのが馬鹿らしくなってきた。

どたばたがっしゃんと、隣の部屋から聞こえる騒がしい音を聞きながらPCを立ち上げる。

『遅い！』

『すぐに立ち上げたぞ、それに寝てたしな』

『もう1時間は待ってたし！　あと、ずっとインしっぱなしにしとけばスグだよ！』

『無茶言うなよ』

ログインして早々軽口の叩き合い。そこには今朝からの剣呑な空気はどこにもなかった。

『まーその、なんだ。今日は、あー、なんか変でごめん……』

『ん、いいよ。私もその、うん、わかってるから！　男の子の日だったんだよね？』

『は？　なんだそれ？』

『またまた～。そういう時はゲームだよゲーム、むらむらした気分をゲームで発散だよ！』

『おい待て、何か勘違いしてる！』

『ふひひ、言い訳はいいですよ～だ』

何だか色々台無しだった。しかし現実で何かあっても、ゲームなら忌憚なく言葉を交わし合えて、ちょっとしたことで元通り。でも俺たちらしいとも思ってしまう。そして俺たちの間にある確かな絆とも言えた。だからこそわかってしまうこともある。

『それで、何をするつもりなんだ？』

『あ、あはは……やっぱりわかってしまいますか……』

『そりゃあな』

　フィーリアさん（平折）は強力なボスや高難易度コンテンツに挑戦する時、気合いを入れると称してはたびたびアバター衣装を新調する癖があった。つまり先ほどの格好もきっと、何かをするための気持ちの切り替えのために着替えたのだろう。

　画面の中のフィーリアさん（平折のゲームキャラ）は微動だにしない。それが逆に平折の葛藤（かっとう）を物語る。

『……あのさ、現実（リアル）での私ってどう思う？』

『黒くてもさもさとしていて地味？』

『あはは、辛辣（しんらつ）～。でも、その通りだよね。この前言ったこと憶えてる？』

『ゲームとリアルじゃ印象全然違うってやつか？』

『うん、それ』

　あの日、カラオケセロリに誘った時、平折が躊躇（ためら）った理由。

　その言葉は確かに真実であり俺を驚かせた。忘れるハズがない。

『私ね、今の自分を変えたい』

それは平折の願望であり宣言だった。

ふと、ゲームで俺とはしゃぐフィーリアさんと、学校で誰かの陰に隠れ、隅の方で静かにしている平折の姿を思い浮かべる。そして、何かがストンと腑に落ちていく。

眩しい、と感じてしまった。

『そうか……何か手伝えることがあったら言ってくれ。協力するよ』

『本当!?　ではですね、その、早速お願いがあるのですが……』

『何だ？』

『数学を教えていただきたくて……』

『ぷっ……く、あはははははっ!!』

身構えていたものの、最後の最後でフィーリアさんらしい展開に、思わず噴き出してしまう。

笑い声が平折の部屋まで聞こえたのか、画面では「もう！」とばかりに怒ったエモートが繰り返されるけど、隣の部屋からも静かな笑い声が聞こえ、重なっていく。

『で、何がわからないんだ？』

『ええっとね――』

そしてどうしたわけか、ゲームのチャットで勉強を教えることとなるのだった。

5時間目 Play Time. 予期せぬこと

「はぁ……」

　早朝の通学路に俺のため息が吸い込まれていく。

　昨日は数学の勉強を教えるということでなんとなく有耶無耶になってしまったが、平折の変わりたいという願望の実現に協力することになった。応援したい気持ちはある。

　しかしどこか釈然とせず、それがため息として表れてしまっていた。

「朝から何辛気臭い顔をしてんだ、昴？」

「康寅」

「それとも夜更かしか？　ゲームなら終わったら貸してくれよ」

「んー、あぁ、まぁな」

「ところでさ、オレ最近モテようと思って女子との話題作りのために可愛い動物の動画とかを漁ってんだよね。それで猫使いの住職の動画を見てるとさ、何故かどんどん住職の方が気になってくんの。だからオレも猫を飼えば女子に気にしてもらえるんじゃないかなーって考えたんだけどさ、どう思うよ？」

「……どうかと思うよ、泰寅」

そんなどうでもいい下らない話をしながら歩き、校門をくぐる。

康寅の話題は最近見ていた猫の動画の話から、何故かガーターベルトに、そして夏服から透ける女子の下着の話になっていった。可愛い動物の話題から下ネタに持っていって心のガードがどうこう言っているが、さすがの俺も若干引き気味になりながら苦笑いを零す。

しかし康寅本人もそれをわかっているのか、ネタで笑わそうとしているのがわかる。そのおかげで俺の心は幾分か軽やかになっていた。こういう時、康寅の存在はありがたい。

「「「きゃーっ!!」」」

「やはり黒……うん？　なんだ、あれ？」

「……なんだろう？」

昇降口の下駄箱前で、女子の集団が騒いでいるのが見えた。

「え、凛ちゃんそれラブレター!?」

「うそ、マジで!?　今時古風過ぎない!?」

「でも逆にインパクトあるよね、それ！」

「あはは、まだそうだと決まったわけじゃ……」

どうやらその騒ぎの中心は、南條凛のようだった。彼女たちの端っこの方に平折も顔を覗かせている。昨夜変わりたいと言っていたものの、その髪型はいつもと同じひっつめである。

「なにっ、俺の南條さんにラブレターだと⁉」

「お前のじゃないだろ」

どうやら下駄箱にラブレターなんていう、ベタな展開が起こっているらしい。

はやし立てて騒ぐ周囲の女子と、心底困った顔をしている南條凜が対照的だ。

モテ過ぎるっていうのも大変なんだな……思わず、先日の非常階段の一件を思い出す。

「〜っ！」

「っ！」

そんなことを思ってぼんやり眺めていると、平折と目が合ってしまった。

しかしそれも一瞬、すぐに顔を赤くされて目を逸らされる。そして俺も、どこか気まずさというか恥ずかしさから目を逸らしてしまう。

「吉田さん、顔赤いけど大丈夫？」

「ラブレターとか見ているほうが赤面ものだよね、わかるよ〜」

「いや、そのっ……」

「あはは、そうだよね〜……へぇ……」

とにかく、ここにいる理由はなかった。早くこの場から——

「——くすっ」

「っ!?」

逸らした目線の先で、何故か南條凛と目が合ってしまった。

どこか悪戯っぽい表情をして、口元は僅かに歪んでいる。

「おいおい、昴！　オレ今、南條さんに笑いかけてもらったよ！」

「よかったな、康寅」

……彼女の意図がわからない。もしかしたら本当に康寅に向かって微笑んだのかもしれない。

そう気を取り直し、自分の下駄箱を開ける。

「――ッ!?」

そこでガタン、と大きな音を立ててしまった。一瞬、何事かと周囲の視線を集める。

俺は『んっ』と軽く咳払いをして、何でもないことをアピールしながら靴を中に入れた。

「どうした、昴？」

「……なんでもねぇよ」

俺はひどく動揺しており、声が上擦っていないか自信がなかった。相手が単純な康寅でよかったと思う。上履きの上には一通の可愛らしい便箋があった。ハートマークのシールで封がされ、如何にも女子っぽい。一体誰が？　どうして？　生憎と俺には学校で親しくしている女子はいない。嬉しさや喜びよりも混乱が先行し、どちらかと言えば怪しさの方が強い。

手に取って裏を確認した時、警戒心は確信に変わる。

——南條凜

差出人の欄にはそう書かれていた。

授業中、その手紙を周囲に見られないようにこっそりと開けた。

『放課後、例の場所にて待つ』

手紙には簡潔に、それだけが書かれている。

色気など欠片もなく、どちらかというと果たし状のような印象だ。

「どうしたものかな……」

大きなため息を吐き独り言ちる。南條凜がどうしてこんなものをよこしたかわからない。

確かに俺は彼女の秘密を知っている。

しかし南條凜の秘密は誰にも言ってないし、言うつもりもない。これをネタにどうこうするつもりもない。これ以上関わるつもりがないというのが本音だ。

頬杖をついて窓からグラウンドを眺めれば、隣のクラスの体育の光景が広がっていた。男子はマラソン、女子は球技のようである。

南條凜の姿はすぐにわかった。

サッカーコートを縦横無尽に駆け回り、指示を出してはチームメイトをまるで手足のように操り一体感を演出する。誰がどう見てもゲームの中心であり、周囲の目はその活躍に惹き付けられている。直接的に、もしくは間接的に南條凛の働きによって、鮮やかにボールがゴールに吸い込まれていく様は、傍(はた)から見ていても爽快さがあった。

なるほど、スポーツ万能とは聞いていたけれど、個人プレーだけでなく集団プレーにおいてもその才覚を発揮していた。並の人間では真似することも難しいだろう。

平折の姿もすぐわかった。

面白いくらいサッカーボールに翻弄され、何もないところでこけそうになったりする。誰がどう見ても運動音痴であり、見ているこっちのほうがハラハラしてしまう。息も完全に上がってしまっており、いいから休めと言いたくなる。心配したチームメイトからは、大丈夫かと聞かれている姿が見えた。なんとなく、平折はスポーツが苦手そうなイメージはあった。なんていうか、その、イメージ通りそのものだった。平折っぽいと言えば平折っぽくて、思わず笑みがこぼれてしまう。

こうして見てみれば、対照的な2人だ。だというのにどうしてか――南條凛とフィーリア(ゲームの平折)さんが重なってしまうことがある。それは先日彼女と話した時にも、強く感じてしまった。

もう一度手紙に視線を落とす。しかし南條凛の意図がわからない。そしてふと、今朝の妙なタイミングで目が合ってしまったことを思い出す。南條凛は勘が良く目端が利(き)く人だ。用件はわからないが、もしその辺のことを突っ込まれるとボロを出さない自信はない。気にかかるところはある。しかしこれ以上彼女と接触すると、お互いに不利益になる気がしてならない。

——手紙は気付かなかったことにするか。

俺はそう結論付けて手紙を鞄の奥底にしまい込んだ。


「追試がある奴は指定の教室に行けよ。あと実力テストの上位者は張り出してあるからな〜」

その担任の言葉を皮切りに、教室は放課後の喧騒に包まれた。一部の追試該当者からは「うげぇ」「対策してねぇよ」などといった怨嗟の声が聞こえてくる。

康寅は全科目追試なので、一緒に連れ立って帰る相手もいない。

平折のことは少しばかり気になるが……それより問題は南條凜からの呼び出しだ。気付かなかったことにしようと思ったからには、早々に家に帰った方がいいだろう。厄介事はごめんだ。

そう考えて廊下に出れば、張り出されている成績表の前で人だかりができていた。

どうやら早速話題の種にと野次馬が集まっているみたいだ。

「南條さんまた1位かよ」

「凜ちゃんすごーい！　今度の中間教えてよ！」

「くそ、オレも勉強教わりてぇ」

「あはは、特別なことはしてないよ〜」

その中でも一際目立つ集団がある。南條凜を中心としたグループだ。

ただし普段見かける女子グループでなく、うちのクラスの男女も見える。どうやらこの張り出しをネタに、彼女とお近づきになりたいらしい。

南條凜は一見周囲にちやほやされる学園のアイドルのような様相になっているのだが、その顔に嬉しさとか照れは一切なく、その表情にはどこか疲れのようなものがあるのを感じてしまう。……猫を被るのにも疲れる、というわけか。

しかし南條凜を信奉する周囲の連中は、彼女を放ってはおけないようだった。

それを見て、どうしてか無意識のうちに手紙が入っている鞄に手が伸びてしまう。

少し後ろ髪を引かれる気持ちがあったのは否定しない。しかし帰るなら絶好の機会だった。

「倉井君は30位、今回もぎりぎり名前が載っているわね」

「――――ッ!?」

しかしいつの間にか、俺の目の前には南條凜がひょこっと顔を見せていた。

無駄に高い運動神経の賜物なのか、周囲に不自然さを感じさせない身の運びだった。

「ほぼ毎回張り出しの端なら、やっぱり目立っちゃうよね」

「そ、そうかな」

くすりと微笑みながらふわりと髪をなびかせて、大きな目をくりくりさせて俺の瞳を覗いてくる。その目は笑ってはいるが、明らかに抗議の色を湛えていた。

――ドキリ、としてしまった。

後ろめたさもあって、心臓はバクバクと早鐘を打つ。きっと周囲からは、学園一の美少女に話しかけられてドギマギしているという図に見えていることだろう。

「(あんた、バックレようとしたでしょ)」

「(そんなことねーよ)」

「(嘘ね)」

「(……悪かった)」

南條凜は気さくな性格だ。急にとはいえ俺に話しかけても誰も疑問に思うまい。だからニコニコと小声で文句を言いつつ威圧しながら足を踏んでいるなんて、誰も思いやしないだろう。

「(すぐ行くから、例の場所で待ってなさいよ)」

「(嫌だと言ったら?)」

「(この場であたしが胸を触られたと叫んであげましょうか?　それとも自然な感じであんたが体勢を崩して抱き着くように転ばせたほうがいい?)」

「(……勘弁してくれ)」

「(即答……あんたってホント……まぁいいわ)」

その目は真剣だった。その迫力に思わずたじろいでしまう。そして何か矢も盾もたまらずというような色さえ湛えていた。……逆らわないほうがよさそうだな。

「そういや凜ちゃんのノートって凄く見やすいよね」

「え、どういうこと？　見たい見たーい！」

「南條さんのノート……ごくっ」

「あはは、結構自分なりの解釈とか多いかも」

小さく頷く俺をよそに、さも興味を失ったという体(てい)で、グループの輪へと戻っていく。去り際に腕を抓(つね)って警告するのも忘れない。鮮やかな手並みだ。おっかない女。

この強引さ、狩りに誘うフィーリア(ゲームの平折)さんに通じるところが——……いや、違う。

確かに、南條凜とフィーリア(ゲームの平折)さんは似ているところがある。だけど根底の部分では、決して重ならないような気がする。

まるでロールプレイ(自分を騙して)しているかのような……だけど確信が持てずモヤモヤとしてしまい、そんな思考を追い出すように頭(かぶり)を振った。

非常階段の壁に背を預け、南條凜を待っていた。

用件が終わればすぐさま立ち去りたいので、鞄も床に下ろさず肩にかけたまま。

「はぁ……」

思わずため息が漏れる。

そんじょそこらではまずお目にかかれないレベルの美少女との逢瀬(おうせ)だというのに、心はこれっぽっちも躍(おど)りはしない。一体何の用件だというのだろうか？　嫌な予感だけが募(つの)っていく。

「ったく、人のノートは見世物じゃねーっての！　……と、相変わらず辛気臭いわね」

「余計なお世話だ、厚化粧」

「あ、あんたねぇっ！」

「目の下隠せてねぇぞ」

「ぐぬぬ……っ」

遅れることおよそ10分、やってきて早々悪態をつかれた。唸り声をあげる彼女からは、被っていた猫はとっくに逃げ出しているのがわかる。指摘した通り先日同様、南條凜は目の隈をメイクで巧妙に隠しており、それとなんだかいつもよりテンションが高く見えた。逆に駄々下がりの俺は付き合っていられないという気持ちを込めて、投げやりに答える。

「で、何の用なんだ？」

「そうよ！　あんたにちょっと聞きたいことがあったのよ！」

ぐぐい、と興奮気味に目の前まで詰め寄られ、少しだけびっくりしてしまう。

その瞳は興奮に彩られ、まるで子供かと突っ込みたくなるほど、全身でうずうずとした様子を見せている。どう考えても何か厄介事に巻き込まれる予感しかしない。

「あんた暇？　祖堅君は追試だし暇だよね？　ちょっとあたしに付き合いなさい！」

「嫌だと言ったら？」

「賢明な判断をしてくれると信じてるわ」

「……やれやれ」

鼻息荒く、興奮状態で話を進める南條凜。そこには有無を言わさぬ迫力があった。

こういう時は逆らわない方が被害は少ない。

フィーリア（ゲームの平折）さんとの経験則からそれに思い至り、俺は肩をすくめて首肯した。

「こっちよ、早く！」

「お、おい！」

俺たちはそのまま非常階段から学校を飛び出した。

そして、人目を忍ぶようにして住宅街の裏手を急（せ）かされている。

「一体どこへ向かってるんだ？」

「着けばわかるわ」

「わかるって……」

「何さ、他に用事でもあった？　もしかして彼女？」

「……いねーよ」

「だよね」

「こいつ……」

小走りの南條凛は結構なスピードで進むので、ついていくのがやっとだった。時折置いていかれそうにもなる。しかしここで置いていかれようものなら、『だらしない』『カッコ悪っ』と悪態を浴びせられるのが容易に想像できたので、半ば意地になってついていく。

だがその意地も、目に入る景色が、やたらと広い敷地に高そうな車が停まっているでかい家の立ち並ぶ区域に差し掛かり、不安に取って代わられてしまう。一体どこへ向かっているのだろうか？

「ここは……」

「見ての通りよ」

ちょっと腰が引けてしまうほどの豪華なエントランスだった。南條凛は慣れた手つきでセキュリティーを解除してタワーマンションの中へと入っていく。俺はキョロキョロとおのぼりさんのように周囲を見渡すも、南條凛に呆れられながら強引にエレベーターへと押し込められる。

「……」

「……」

互いに無言だった。平折と接するのとは違う気まずい空気を感じてしまう。鼻歌交じりでご機嫌な様子の南條凛が少しばかり恨めしい。

25Fという目的階までは結構な時間がかかる。平折とならば無言でも嫌ではないのに……そんなことを考えながら、針のむしろのような時間をやり過ごす。

25Fへと着けば、まるでホテルみたいなふかふかな廊下を彼女の背中を見ながら進む。

そしてある扉の前に止まったかと思うと、鍵を取り出し開錠する。表札を見れば、『南條』の文字。どう見ても彼女の家である。一体、南條凜は何を考えているのだろうか？

あまりにもめまぐるしく展開するこの状況に、俺は少々混乱してしまっていた。

「さ、勝手に上がって」

「……おじゃまします」

促されるままに玄関の扉を潜(くぐ)る。部屋の中も外に負けないくらいいい造りをしていた。女子の家というだけでなく、明らかに生活レベルが違う住居に気後(きおく)れして猫背になってしまう。

「奥の扉の先がリビング。すぐ行くから適当に待ってて」

「あぁ……」

そう言って南條凜は右手にある部屋に入っていく。自分の部屋なのだろうか？　玄関で立っていても仕方がないので、言われた通りリビングへ向かう。

そこは想像通りというべきか、随分と広さがあった。我が家の倍近い面積はありそうなそこはしかし調度品が極端に少なく、必要最低限のものしか置かれていない。よく言えば機能的、印象のままで言えば殺風景。

やたらと座り心地の良いソファに腰掛けてみるが、どうにも腰が引けて逆に背筋が伸びてしまう。

「お待たせ……て、なに変な格好で座ってんのさ？　ぷっ！」

「うるせぇよ……そういや親御さんは？　さすがに挨拶くらいは――」

「いないわよ。一人暮らしだし」

「――そうか、一人暮ら……はぁっ⁉」

さらりと、爆弾発言が飛び出した。そしてさすがに俺も動揺が隠せない。

女子の一人暮らしの家に招かれる……その気がなくても緊張するなというのは難しい。

「ていうか、何を急に意識してんのさ。言っとくけど、あたし合気道黒帯だからね？　物理的にあんたにどうこうされるわけないから安心してよね」

「へーへー、頼まれても手なんて出さねーよ」

「それはそれでムカつく」

「じゃあどうしろってんだ」

不思議なことに、南條凜と軽口を叩き合ううちにどんどんと緊張もほぐれていく。

まるでそう仕向けられているかのようで、狐につままれた感じすらある。

……少し気になるけど、まぁいいか。それよりも、と彼女の方に意識を戻せば、その手には自分の部屋から持ってきたのか、キャンパスノートとノートＰＣがあった。どうやらそれが俺をここに呼んだ理由なのだろうが、いまいちその２つと、上手く結びつかない。

「で？　俺をここに呼んだ理由は何だ？」

「……笑わない？」

「場合によっては爆笑する」

「あんたねぇ……これよ」

そう言って南條凜は、スリープモードだったノートPCを開いて見せてくれる。画面には見慣れたものが展開されていた。

「これ、は……!?」

「あの時見せてもらって気になってさ。体験版やってみたんだけど、いやー最近お陰で寝不足で……あはは」

——Find　Chronicle　Online……俺と平折がやっているMMORPGだった。

複雑な気持ちだった。自分の好きなゲームを気に入ってくれたのかという気持ちと、よりにもよってこれか、という気持ちがせめぎ合う。しかし、これがどうしたというのだろうか？

何故かモジモジとしながら恥ずかしそうにしている南條凜に、目線で聞いてみる。

「あのですね、本登録の仕方とか教えていただきたくて……」

「……は？」

思わず気の抜けた返事をしてしまった。

訝しげに南條凜を見てみると、顔や耳、見えている肌を全て赤く染め上げ、羞恥を表している。だけどその瞳は、どこまでも子供じみた期待と熱望に彩られていた。

その瞳の少し下を見てみれば、メイクで巧妙に隠した目の隈。……なるほど。何だか拍子抜けするような、複雑な感情が混じったため息が出た。

なんとも理解しがたい状況だった。

俺は半ば呆れた顔をしながら、ノートPCで南條凜の登録の代行を進めていく。時折メールアドレスなどを聞くために隣の彼女に目を移すが——全身をそわそわと小刻みに揺らしながら「まだ？　まだ？」と言いたげな顔で画面を覗く姿を見せられれば、今度は違った意味でため息が出てしまう。このためだけに俺を呼んだのだろうか？　その無邪気な態度に……色々と突っ込みたい気持ちをグッと堪える。

ＦＣＯは、いわゆる月額課金制のＭＭＯだ。

無料体験版のＤＬだけなら１クリックで済むのだが、本登録となれば運営サイトへの会員登録、製品版の購入およびシリアルコード入力、それに月額コース設定などがあり、それら一部は運営とメールをやり取りしなきゃいけなかったりと、結構面倒くさい。

「南條、製品版を購入しないといけないのだが……」

「それってどうするの？」

「コンビニでプリペイド式の電子マネーを買ってくるか、クレジットカードで——」

「クレカね、これでいいのかしら？」

「ッ!?　それは……いや、俺に渡されても困る。番号とかそういうのは自分で打ってくれ」

「番号……こうかな？」

生まれて初めてブラックカード（最上級クレジットカード）を見てしまった。確か年会費だけでも数十万もするとか。少なくとも高校生が持つような代物（しろもの）じゃない。

「それ、親のカードか？　勝手に使って大丈夫なのか？」

「あたし個人のだから大丈夫よ」

「……マジか」

「それより、これでいい？」

そう言って何でもない風にノートPCの購入確認画面をこちらに見せてきた。あまりに平然としており、それが余計に彼女の複雑な家庭事情を感じさせてしまう。

それを言えば、自分だって平折（義妹）の件がある。誰だって聞かれたくないことくらいあるだろう。

ならば好奇心で踏み込むまいと、本登録の続きの作業に没頭した。

「……」

「……」

静かな部屋にキーボードの打鍵音が響く。

「……聞かないのね」

「聞いてほしいのか？」

「いいえ……あんたって本当に変ね、ふふっ」

「ほっとけ」

何故か南條凜はご機嫌だった。一緒に住んでいる義妹(平折)の気持ちすらロクに分からない俺に、南條凜がどうして機嫌がいいのかなんてわかるはずもない。

それよりもこの落ち着かない空間から一刻も早く去りたいという気持ちの方が強かった。

「……ブラックカード(それ)は労働報酬みたいなものよ」

「労働？　何かのバイトか？」

「才色兼備の完璧な南條家令嬢、凜を演じる猫被りの仕事のね」

「なるほど、仕事か」

相槌(あいづち)以外打ちようのない台詞(せりふ)だった。自分で言って傷付いているのか、ソファの上で膝(ひざ)を抱えて顔を埋(うず)める。部外者が興味本位で掘り下げていい話題ではない。だが愚痴を吐きたい時もあるだろう。俺にできるのは、本登録を進めることくらいだ。

「終わったぞ。あとはダウンロードが済んでパッチを当てれば、体験版(トライアルモード)のデータを引き継いで続きを遊べるはずだ」

「わぁ、ありがとう！」

「っ！」

不意打ちだった。それは無垢(むく)な笑みだった。どこまでも嬉しさがにじみ出る眩(まぶ)しい笑顔だっ

た。南條凜という少女が、ふいに仮面を脱ぎ去って見せた無防備な表情である。

今更言うまでもなく南條凜は美少女だ。そんな彼女の笑顔を何の心構えもできていない状態で向けられて、ドギマギするなと言うほうが難しい。

ダウンロードの残り時間は20分以上と表示されている。時間はあった。だからこの質問は照れ隠しや誤魔化しに近かった。

「どうして、このゲームをしようと思ったんだ？」

「っ！」

あの日、南條凜はスマホのゲームにのめり込んでいる様子だった。自分の好きなキャラをあれだけ語っていたのだ、随分と思い入れもあるだろう。

だからこそ、ここまでネトゲに嵌まる理由がわからなかった。変な質問をしたつもりはない。だというのに彼女の顔がみるみる赤くなっていく。もじもじと膝をすり合わせるその仕草は、元が美少女なだけに破壊力があって心臓に悪い。

「……」

「……」

不思議な沈黙だった。

言いたくないわけではない、幼子がとっておきの秘密を知ってしまったので、誰かに言いたくて仕方がない……だけど恥ずかしい。そんな顔をしながらチラチラと俺を見ている。

これはきっと、あの南條凜が俺にだけ見せる顔だ。甘えるかのような顔だ。とてもレアなもののはずだ。他の男なら喜び、自慢にすることだろう。

だというのに何故か妙な既視感があった。ちょくちょく感じている空気に近い。

――平折？　そう、平折に似ていた。

いつ話しかけても、もじもじとして結局は逃げ出す家での平折（義妹）と重なる。だから俺は、いつもそうしようとしていたように、じっと辛抱（しんぼう）強く、先を促すかのように南條凜の目を見つめる。

すると南條凜は観念したかのように、ポツリと心の内を言葉に変えていく。

「……あたしじゃない、あたしになれたんだ」

その声色は羞恥に彩られていた。だけど、どこまでも熱を帯びていた。自分でも処理しきれないだろう様々な感情が乗っている。

「目の前に映る人の多くがさ、あたしの前を素通りするんだ。何も気にすることなく、そこにいる多くの1人だっていうように。新鮮だった。ソシャゲと違ってさ、自分の分身のキャラを作るよね。街に立っているのはあたし。なのにさ、その反応は現実と違ってたんだ。時には素通りするだけじゃない。あたしが初心者だとわかると、色々教えてくれたりする人もいた。とにかく違う自分になれたのが……それがすごく嬉しかったんだ！」

「……そうか」

そして満面の笑みを見せる。まるで自分が見つけた秘密基地を、大切な宝物を、それを自慢するように、一緒にその喜びを分かち合ってほしいと言うように……

「上手く言えないけどさ、自分じゃない自分になりたくて……だからこのゲームをしたいんだ。バカみたいだ、って思う理由かもだけどね」

だから、そう自虐的に笑う南條凜が、何故か平折が自分を傷付けてるように見えて――

「馬鹿じゃねーよ！」

――思わず大声を出してしまった。

熱くなっている自分こそが馬鹿みたいだった。自覚すると途端に恥ずかしくなって、南條凜から目を逸らしてしまう。視界の端に、びっくりして目を見開いている彼女の姿が見える。

「……くすっ」

「……うるせぇ」

あぁくそ、何やってんだ俺は。何とも言えない空気になったのを、頭を掻き毟って誤魔化そうとする。そして、いつしかダウンロードは終了していた。

「終わったぞ。これで続きができる」

「そっか」

南條凜は早速パスワードを打ち込み、ゲームの起動を試みる。それを見て俺の役目は終わったとばかりに、鞄を持って帰ろうとする。長居は無用だ。ここにいると調子が狂ってしまう。

「これでもういいだろう。帰るぞ」

「ま、待って！」

何故か引き留められた。

そして先ほどからの少々幼さを感じさせる仕草と表情で、こんなことをのたまう。

「ゲームでさ、フレンドになってよ……っ！」

その瞳には、どこか寂しさを感じさせる陰りがあった。

まるで1人は嫌だ、孤立しているのは嫌だと……平折を――2人を重ねるなんて、平折にも南條凜にも失礼なことだとわかっている。だけど今、目の前の少女が、もがくみたいに必死に手を伸ばしているかのように見えてしまった。

「……ああ、わかった」

だから俺は、その申し出を断ることができなかった。

◇◇◇

それほど長居をしたつもりはなかったが、外に出れば辺りは既に暗くなり始めていた。

手元で覗くスマホの画面が随分明るく感じてしまう。

《今夜20時、始まりの広場にて》

画面にはそんな文字が躍っている。

差出人は南條凜。強引に押し付けられる形で連絡先を交換した。

「バレないようにしないとな……」

……IDを知りたい男子とか多いんだろうな、などとしかめっ面で考えながら帰路を歩く。もし康寅にでも知られると大騒ぎになるに違いない。それに平折にも……いや、平折は義妹だ。一緒に住む家族だ。それ以上でもそれ以下でもない、はずだ。もし平折にバレたとしても、何かを言われるような筋合いはない、はず。

それなのにどうしてか平折を裏切っているかのような、後ろめたい気持ちになってしまう。いけないことをしているみたいでズキリと胸が痛む。そんな自分の気持ちに戸惑い、追い払うかのよう頭を振る。

それよりも南條凜の件だ。ゲームで平折と一緒に遊ばないという選択肢はない。だけど南條凜と交わしたばかりの約束も反故にできない。必然、2人は顔を合わすことになるはずだ。

さて、どうしたものか……頭を悩ませるも答えが出ないまま、家に着いてしまった。

「ただいま」

玄関には既に灯りが点いており、当然ながら平折のローファーが置かれてある。視線を上げればリビングの扉から光とTVの音が漏れている。ゆっくりと扉を開けると、そこには地べたに座って不思議なポーズを取る平折がいた。

「平折?」

「っ!?」

床に座りながら背筋をピンと伸ばし、手を合わせた合掌ポーズでぐぐぐっと力を入れている。目の前には広げられた雑誌。何かのストレッチなのだろうか？　そんな平折と目が合うと、その顔がどんどん赤く染まっていく。あわあわと慌てふためく様は、まるで見てはいけないものを見てしまった気にさせられてしまう。

「〜〜〜っ！」

「おっと！」

我に返った平折は、近くのソファからクッションを手に持つと、こちらを見るなとばかりにそれを俺の顔に押し付けてきた。

——いったい何なんだ？　そのストレッチの何が恥ずかしいのかがよくわからない。俺はこの場に立ち尽くし、脱兎の如く部屋に戻る平折の背中を見つめていた。

夕食の時、平折は目を合わそうとしなかった。

気まずい空気の中、手と口をひたすら動かす羽目になってしまう。平折の顔は未だ赤いままで、どこか恨めしそうな空気すら出しており、何か話そうにも取り付く島がない状態である。

あからさまに何かありましたという態度に、弥詠子さんに何か突っ込まれるような気がしたが、特に触れられることはなかった。よくよく考えれば、俺と平折が家で仲良く話をしている光景なんて見たことがないだろう。だからきっと、これはいつものことと思われたに違いない。

「……ごちそうさま」

先に食べ終えた平折はそのままそそくさと自分の部屋に戻っていった。結局、何も話ができないままだ。今朝のことにしろ南條凜の件にしろ、その間の悪さを呪ってしまいそうだ。

「ごちそうさま」

それらの気持ちを夕食と一緒に飲み込んで、席を立つ。

時計を見れば19時半を少し回ったところ。約束の20時が差し迫っていた。

とにかく、それまでに平折と話をしなければ——そう思って、ＰＣを立ち上げた。

『クライス君は何も見なかった、いいね!?』

『あ、あぁ』

ログインしたら挨拶をする間もなく、待ち構えていたフィーリア（ゲームの平折）さんに釘を刺される。

いまいちよくわからないが、とにかくあれは平折にとって見られてはいけないもののようだ。

何度も念を押すところを見ると、よほど恥ずかしかったらしい。

——女の子って難しいな。

つくづくそう思う。平折には色々振り回されてばかりだ。だけど不思議とそう悪いもんじゃないなと思ってしまい、なんだか笑いが零れてしまう。

このちょっとしたやり取りで緊張はほぐれ、南條凜のことを話すには絶好の機会だった。

『ところで平折――いやフィーさん、ちょっと話があるんだが……』

『どうしたの？　改まっちゃってさ』

『知り合いがこのゲームを始めるみたいでさ、それで今日は約束をしているんだ』

『……なるほど』

『だからフィーさんにも紹介しておこうと思ってな』

『それでフィーさん、ね』

敢えて俺が先日まで平折と知らなかった頃の呼び方にしたことに、どういう事情か理解してくれたようだった。

基本的に、俺たちは周囲に義理の兄妹だというのは秘密にしている。ただの兄妹だと言い張るにしても学年も同じだし、誕生日も3ヶ月しか変わらない。血の繋がりのない年頃の男女が一つ屋根の下に暮らしている――その事実に、妙な勘繰りをしてくる者がどうしたっているからだ。厄介事は起こさないのに限る。

『で、どんな人なの？』

『……そうだな』

答えにくい質問だった。馬鹿正直に南條凜だと言うことはできない。それに彼女がどんなキャラを作ったかも聞いていない。もしかしたら平折のように、現実とは違った雰囲気のキャラを作っているかもしれない。

『ちょっと強引で、面倒くさい奴かな』

だから俺の中の南條凜のイメージを言ってみた。まるでいい所がないような、自分でもどうかと思うような返答だ。

『あはは、そっかぁ。随分仲のいい友達なんだ』

『はぁ？　どうしてそうなる？』

だというのに、平折からの返事は予想外のものだった。

全くの間違いだ。そもそも南條凜との関係は、友人と言えるかどうかさえ疑わしい。

『誰かな？　もしかして祖堅君？』

『……違う、知らない人だと思う』

とっさに嘘をついた。理由は色々あるが、今はどうしてか平折に南條凜との繋がりを知られたくなかった。

――～～～♪

そんな中、俺のスマホが鳴る。南條凜からのメッセージだ。

《今からログインするわ！　そっちはどう？》

《既にログインしている。今から待ち合わせ場所に向かうが――1人、紹介したい人がいる》

《へ？》

《……一緒にゲームをしている友人だ》

平折と会わせていいのか――一瞬そんな懸念が脳裏を過ぎる。しかしこのゲームをする以上、俺と平折のことは切っても離せない。なら、早めに紹介した方が余計な混乱を生まないだろう。

『フィーさん、知り合いがログインした。ついてきてくれ』

『どんな人かなぁ、ちょっと楽しみ！』

――相手は南條凜、平折の憧れの相手だ、とは言えなかった。

ウキウキとしている様子なだけに、尚更自分が卑怯者になったような気がして胸が軋む。

待ち合わせはゲーム開始の街の広場だ。狩りへの待ち合わせ場所にも使われることから、様々なプレイヤーキャラクターでごった返している。

俺はまだ彼女のキャラを見たことがない。一体どんなキャラなんだろうか？

平折を見てみれば、耳をピクピクさせながら周囲を見渡している。

俺も辺りを見渡してみるも、それっぽい人はいない。これは埒があかないな。

直接連絡して聞いた方がいいと思い、スマホを取り出した時だった。

『あ、あの……』

『ん？』

何か陰気な黒い物体から話しかけられた。俺の周りをうろちょろと回っては、何か言いたそうにそわそわとしている。迷子が知っている人を見つけたようにも見える。

背の低い少年だった。どこか自分に自信なさげな挙動で、ビクビクとした様子。外見の装備的に初心者に毛が生えたような感じだろう。彼に該当するゲーム内の知り合いに心当たりはない。となるとタイミング的にどう考えても——気付けばスマホを打っていた。

《なぁ、南條。もしかして目の前にいる黒くて小さいガキがお前か？》

《もしかして、目の前の大きな斧（おの）を持ったのが倉井かしら？》

……マジか。画面に映るちんまい少年をじろじろと見てしまう。まさか男性キャラだとは思いもよらなかった。それだけでなく如何（いか）にもボッチで教室の隅の方に隠れていそうな——普段クラスの中心人物になっている南條凜からは、想像だにしない姿だった。スマホでお互いの確認をし合って安心したのか、どことなく嬉しそうに周囲をぐるぐる回っている。

『僕、サンク。こちらあdでも、よろしうくね』

『あ、あぁ……』

ただたどしく打たれる誤字交じりのチャットに、先ほどの南條凜の家の中と同様、相槌を打つくらいしかできない。

『あんだか、不思議な感じでうんえ』

『……そうだな』

目の前のちんまい少年——サンク（ゲームの南條凜）はそんなことを言いながら、怒ったり、笑ったり、手を振ったり、しゃがみ込んだりと、様々なエモートを繰り返していた。ゲームの機能を確認しているのだろうか？　体験版（トライアルモード）と違って、できることは増えるという話だが。

『とりあえず、フレンド登録しようか』
『フレンド？』
『ゲーム内のお気に入りメンバーの登録だ』
『？』
よくわかっていなさそうな南條凜に、俺は百聞は一見に如(し)かずとばかりにこちらから申請を飛ばす。今頃彼女の画面の前には、【はい　いいえ】の選択メッセージが届いているはずだ。
……だというのに、こちら側の申請中のシステムメッセージがなかなか消えない。
《ねぇ！　これって【はい】のとこを押せばいいの!?》
――っ!?
突然のスマホの音にびっくりしてしまった。何故こちらの方に……？
《そうだ。これでもしゲーム内で遠くにいたとしても、いつでもチャットすることができる》
《なるほどね、体験版(トライアルモード)ではできなかった機能だわ。……ふふっ、フレンドになるのに許可が必要って変なの》
《……そうだな》
《申請なら今まで散々断ってきたんだけどね……はい、これでいいのかな？》
先日の非常階段のことを思い出した。告白もある意味、申請なのだろう。
システムメッセージが消えると共に、目の前にいるサンク(ゲームの南條凜)はペコリと頭を下げていた。

『ああためて、よろしく、お願いしまｓ』

『あぁ、よろしく』

たどたどしい文章だった。スマホでのメッセージは淀みないというのに、キーボードでの入力となると慣れていないのだろうか？

『あーいた、クライス君！　……で、その人が？』

『……フィーさん』

そうこうしているうちに、平折がこちらに戻ってきた。

きょとんとした表情で、じろじろとサンクを嘗め回すかのように見ている。

長年付き合ってきた感覚から、『はぇ～』『ほぉ～』といった意外そうな反応をしているのがわかる。俺だって、こんな地味で黒い少年が来るとは思わなかったし。

『フィーさん、紹介するよ。こいつはサンク……まぁ右も左もわからない初心者だ。それからサンク、この狐耳っ娘がフィーリアさん。魔法系のことに関して色々知っている。そっち方面で気になることがあったらフィーさんに聞くといい』

『よろしくね、サンク君！』

『よおしく、お願いします！』

俺の紹介で互いに挨拶する２人。

ただぺこりと頭を下げるだけのサンクに対し、手を振ったり広げたりくるくる回ったり明るく大げさに歓迎の意を表明するフィーリアさん。対照的な2人だった。学校での2人を知っているだけに、むず痒（がゆ）いような、何とも言えない不思議な気分になる。

自分勝手な希望だが、ゲームでも2人が仲良くなればいいと思う。

そして、いつかリアルでも――

――っ!?

何故だろう？　それはとてもいいことのハズだ。2人にとって、仲が深まるきっかけになるかもしれないのだ。だというのに、胸の奥に何か棘（とげ）のようなものが刺さった感じがしてしまう。

まるでお前は――――というような、厭（いや）な疼（うず）きだ。

馬鹿馬鹿しい。

そんな痛みを誤魔化すかのように、胸に手を当て画面へと意識を戻す。

目の前ではフィーリアさんがサンクに対して、初心者向けのショートカットや便利なアイテムの話などを教えてあげている。そして南條凜は平折ともフレンド登録を交わしたようだった。

和気あいあいとしている姿を見て、ホッと胸に添えたままだった腕をなでおろす。

他にも平折は手持ちのオシャレアバターに着替えまくっては南條凜に見せびらかしている。

そのラインナップは可愛らしいものから綺麗なもの、変わり種まで様々な種類がある。よくまぁ揃えたものだ。南條凜も女の子だ。そういったオシャレなものに興味があるのか、食い入るように見ている。そして、ある衣装に一際（ひときわ）強く反応していた。

『あ、これ可愛いでしょー、もらうのに苦労したんだから！』

それは鳥の羽をあしらった純白のワンピース風の衣装だった。細部は金糸の刺繍が施されており、フィーリアさんの狐耳にも金のイヤリングがきらりと光っている。それは件のから揚げでもらえたコラボアバターだった。

……そういえば、から揚げだけ弁当のおかげで南條凜と関わりが出来たんだっけか。

『かわいい！』

『まだもらうことができるよ』

『！　ほんと!?』

『か、から揚げいっぱい食べないとだけどね。あはは……』

心なしか南條凜がそわそわしているような気がした。色々と平折にアバターの入手方法とかを聞いている。……まさか、な？

ともかく、サンクとフィーリアさんが仲良さそうにしていてよかった。学校とは違う形だが、それでも――

『そうだ！　クライス君、サンク君、せっかくだしパーティ組んでダンジョンに行こうよ！』

『！　行って、みたいです！』

『……そうだな』

『！　そrえ！』

　やはりＭＭＯの醍醐味（だいごみ）の一つと言えば他のプレイヤーとパーティを組んでの協力プレイだろう。１人（ソロ）では難しいダンジョンも、それぞれの役割（ロール）をこなすことによって達成できる爽快感は、筆舌に尽くしがたいものがある。

『そういえばサンクは何ができるんだ？』

『？』

『サンク君はどんなジョブを上げてるのかなー？』

　ちなみに俺は前衛物理系、平折は後衛魔法系を中心に育てている。

　あのアイドル然とした南條凛が、一体どういうキャラを作るのか純粋に興味があった。

『戦士15　格闘家15　槍士15　黒魔法15　白魔法15――……』

『おいおいおい』

『わ、わぁ……』

　次々と羅列されるジョブと数字に愕然（がくぜん）としてしまった。

　マジか……コイツ、体験版（トライアルモード）で上げられるレベルキャップまで全てのジョブを上げているのか。

　そりゃあ、寝不足にもなるだろうよ。

『じゃあ聞き方を変える。サンクは何がしたい？』

『……え？』

『それだけたくさん上げているんだもの、何にでもなれるよね』

まさか全てのジョブを上げていることには度肝を抜かれたが、せっかくならこのゲームを楽しんでもらいたい。幸いにして俺とフィーリアさんなら、サンクがどんなロールを出してきても合わせることができる。俺たちは急かすことなく、南條凜が何を選ぶか待っていた。好きなものを選べばいい。この世界ではなりたい自分になれるのだ。

……だから、スマホに届いたそのメッセージの意味が、よくわからなかった。

《あたし何になればいいんだろう？　倉井たちにあたしは何を望まれているのかな？》

《は？　なんでもいいぞ、どれを選ぼうがこっちで合わせられるし。南條の好きなものを選べばいい》

《あたしの好きなもの、なりたいもの、か……難しいね》

《そうか？》

自分がやりたいと思ったものをやればいい。わざわざ聞くようなことでもないだろう。

『初めてのパーティなら、アタッカーがいいんじゃないかな？』

首を捻っていると、目の前の画面でフィーリアさんがそう提案した。確かに初心者ならアタッカーを選ぶ人が多い。他の役割と比べて、心理的な敷居は低いだろう。

『そうだな。俺が盾役をやってフィーリアさんが回復役をすればバランスもいいだろうし』

『アタッカー？』

『武器は弓を使えばいいと思うよ。ほら、遠くからならモンスターもそんな怖くないし。実は私も最初は接近するのが怖くてさ、だから魔法職を選んだんだ』
なるほど、そんな理由があったのか。知らなかった。
そういえば平折は、教室でも一歩引いたところにいることが多いな……
『それ、やってみます！』
『あ、私のお古の装備貸してあげるね』
どうやら南條凜もそれに決めたようだ。

準備を終えてしばらく後、俺たちはとある洞窟の前までやって来ていた。のどかな農村近くの森の中にある、初心者用の洞窟だ。

『緊張、します』

『そんなに難しくないぞ』

『そうだよ～、気楽に行こー？』

俺たちはレベルをサンクに同調させて洞窟の中に入っていった。

序盤にあるダンジョンだけあって、何度も攻略した経験がある。目を瞑(つぶ)ってもどこで何が出てくるかわかるくらいだ。そこをサンクの歩みに合わせてゆっくりと攻略していく。

『てき！』

『前に出過ぎないで、まずはクライス君が引き付けるから』

『気を付けて、その先に落とし穴があるからね』

『すべる!?』

『こっち来た！』

『ダメージ受けても逃げないで！　回復飛ばすから！』

モンスターと遭遇すると、俺が注意を引き付けサンクが攻撃し、フィーリアさんが傷を癒す。時にはトラップも回避しつつ、最奥を目指す。

攻略は順調だった。相変わらずチャットはたどたどしいままだが、キャラの操作はなかなかどうして巧みに動かす。この短い間に随分とやり込んでいるのがわかる。

意外だったのは平折だ。サンクに対して適宜アドバイスを挟みつつ、甲斐甲斐しく世話を焼いている。家や学校で見る物静かで大人しい姿や、今までゲームで見てきたバカやってるおっさん臭い姿からは想像もできない対応だった。

まるで、学校で見かける南條凛のように――そう、皆が輪の中に入れるよう、あぶれないようフォローするかの如く。平折が憧れと言っている女の子の姿に重なって見えてしまう。

今まで学校で見てきた立ち位置とは逆の光景に、なんだか不思議な感じがした。

『グォオオォォオオォォオォオォッ!!』

『おっきい』

『ここのボスだな』

『サンク君、攻撃に巻き込まれないように注意してね！』

牛頭の巨人が吠え、巨大な鉈（なた）を振り回す。いつしか最深部のボスのところまでやってきていた。今まで出てきた雑魚（ざこ）とは一線を画すデカさに、サンクはびっくりしている様子だ。

『大丈夫、そっちに攻撃は向かわせないさ』

『サンク君、頑張って！　もしダメージ受けてもすぐ治すからね！』

『がんばる！』

ボスとはいえ、所詮序盤のボスだ。それほど嫌らしいギミックもない。

しかし盾役（タンク）、攻撃役（アタッカー）、回復役（ヒーラー）がちゃんと機能しないと倒すのが難しいボスだ。

逆に言えば、各役割（ロール）が機能していれば倒すのは難しくないボスだ。

俺はボスの範囲攻撃に味方が巻き込まれないようにと誘導し、もし誰かがダメージを受けてもすぐさまフィーリアさんが回復していく。そして隙（すき）を見てサンクが矢の雨を降らす。

気を抜くと戦線が崩れそうになるのだが、幸いにして俺たちの息はぴったりだった。

『ブモォオオォオオォオオォッ!!』

各自の役割（ロール）をキッチリとこなし、程なくして牛頭の巨人は断末魔の声を上げ地に伏した。

『や、やった！　やりました！　たおしました！　わぁ！』

『はい、おつかれさん』

『おめでとう、サンク君！』

画面の中のサンクから、興奮を隠せないといった南條凜の様子が伝わってくる。

フィーリアさんも一緒になって、我がことのようにはしゃいでいる。

——仲良くやっていけそうだな。

俺は複雑な心境でため息をつき、皆と街へと戻っていった。


街へと戻った俺たちは、拠点にしている宿舎の一室に戻って雑談に興じていた。内容は主に先ほどの戦闘の話がメインである。

『そうだ！　戦うだけじゃなくて、モノを作るってのもあるんだよ、これ見て！』

『わぁ！』

言うや否や、フィーリアさんはセーラー服のアバターに着替える。これはゲーム内の生産職が作ることができるアイテムの一つで、海辺の街の船乗りの服という設定だ。

『ううむ、せっかくなので胸当て取って谷間を強調するバージョンとか欲しいんだけどねぇ。あとスカートも極端に短いから、膝上くらいのリアリティがある丈のものがあってもいいんだけど……あ、パンツの造り込みは結構しっかりしてるよ。サンク君も見る？』

『……おい、フィーさん』

『あ、あはは。でもぼくも、そういうの、作ってみたい、です』

今日が初対面だというのに、相変わらずの調子のフィーリアさんである。呆れられてないといいんだが……頭を抱えてチラリと時計を見てみれば、結構いい時間になっていた。

『さて、今日はもうお開きとするか』

『え、もう？』

『11時回ってるぞ、そろそろ寝ないと明日に響く』

『うっ、そうだね……』

寝不足になっている奴もいるしな。

『じゃ、またな』

『また明日ね、おやすみ～』

『っ！　おやすみ、なさい！』

そう言って、俺はログアウトして部屋の灯りを消す。ベッドの中から窓を見上げれば、隣の部屋の灯りが消えるのがわかった。

……平折は今日のことをどう思ったのだろうか？

南條凜を紹介したのは、完全に俺の都合だ。でも、仲良くしていたとは思う。

『先日ここで告白された相手、見たでしょう？　真理ちゃん……同じクラスでよく一緒の子がさ、彼のこと好きだったたんだって』

『おかげで陰じゃビッチ呼ばわり。まぁ珍しいことじゃないけどね』

先日の南條凜の言葉を思い出してしまった。表面上仲良くしていてもそういうことがあるのだと、どこか自嘲気味な南條凜の乾いた笑顔が脳裏を過ぎる。

寝返りを打ち、平折の部屋の方を見る。平折の本当の心境はどうなんだろう？

真っ暗な窓の外が、今日はもうゲームでも会うことができないと物語っていて――ごろりと再び寝返りを打ち、背を向けた。

――～～♪

暗闇の中、スマホの画面が光る。

《今日はありがと、楽しかった》

南條凜からのお礼のメッセージに、苦いものが喉の奥に広がっていった。

6時間目 Play Time. 平折の変化

——PiPiPiPiPi……

「——っ!!」

「ぴゃうっ！」

目覚ましのアラームの音で飛び起きた。普段は鳴る前に目を覚ますのだが、どうやら昨夜は寝付くのが思ったよりも遅かったらしい。無意識に隣の部屋との壁を見て——もやつく気持ちと眠気を追い払うかのように頭を振る。そういえばさっき変な声が聞こえたような……？

——コンコン

何か耳慣れない音が聞こえてくる。

寝起きの頭は上手く働かず、それが何かわからない。さっきの声と何か——

——コンコン

再度、控えめに音が鳴る。そこでようやくそれがノックだとわかった。滅多に叩かれることがないので、認識するまで時間がかかってしまったのだ。

「ふぁい」

自分でも、あぁ寝ぼけているなとわかる間抜けな声で返事をし、のそのそと危うい足取りで扉に向かう。

「あ、あの……っ」

「――……えっ？」

そしてまたも間抜けな声が出てしまった。

「平……折……？」

「〜っ！」

いつもと違い長く艶のある黒髪は下ろされ、その細い肩から後ろに流れている。

膝がすっかり露になるほど短くされたスカートから伸びる足は、紺色のハイソックスによってその白さと細さが際立つ。きっちり閉じられたブラウス襟元から覗くリボンとニットのサマーベストが、平折の清楚なイメージをしっかりと演出している。

それは以前、オフ会で出会った時のフィーリアさん然とした平折だった。

眠気なんて一瞬で吹っ飛んでいってしまう。それと同時に、顔が熱を帯びていくのがわかる。

どういうことだろう？　急にどうして？

そんな思いが浮かび上がるものの、目の前で恥ずかしそうに身を捩る平折に意識を移せば、もっと見ていたいという欲求に上書きされていく。目が離せなかった。

お尻をしきりに気にしているのは、スカートの丈が不安なのか、それとも先ほど変な声がした時に尻餅でもついたのだろうか？　可愛い、と思ってしまった。無意識に手が動いて――

「お、遅れちゃいますっ！」

そう言って、平折はリビングへと降りていく。

手を前に出し固まった、寝癖のついた間抜けな俺だけがその場に残された。

身支度を終えてリビングに降りれば、コーヒーとトーストが準備されていた。弥詠子さんの仕事は朝早いので、基本的に朝食は各自で用意する。だから必然的にこれは平折が用意してくれたことになる。当の本人はといえばカチャカチャとキッチンで洗い物中だ。

色々聞きたいこともあったが、時間的な問題もあって甘えることにした。小さくいただきますと呟いて、トーストをコーヒーで流し込む。……心なしか、やたらと甘い気がした。

一体、平折は今朝になって急にどうしたのだろうか？

朝食を咀嚼しながらこの状況を飲み込もうと考えるが――まつ毛長かったな、唇はぷっくりとしていて柔らかそうだ、肩とか凄く細かったといった、先ほどの平折の姿ばかりが思い浮かぶ。何をそんなことばかりを考えているんだ、と頭をガリガリと掻いた。

「ね、寝癖！」

「へ？」

いつの間にか洗い物が終わったのか、平折は手にヘアブラシと霧吹きのようなものを持って傍にやってきていた。今頭を掻いた時に、随分と跳ねたままだという自覚はある。

「あぁ、ありが――」

「す、座っててください……っ！」

「――ひ、平折っ⁉」

「ま、前を向いてくださいっ」

そう言って、平折は素早く俺の後ろに回りこむ。シュッシュという音と共に、ブラシが髪を撫でていく。頭を押さえる平折の手が、妙にくすぐったくてしょうがない。

「ちゃ、ちゃんとしたほうがいいですからっ」

「おま――」

まるで言い訳めいた早口だった。思わず『お前もな』と軽口を叩こうとして――できなかった。今日の平折は完璧な見た目の美少女だった。

不思議な感覚だった。

やたらと積極的な平折に翻弄される。だけど、何故だか心地よいのも確かだった。

……などと、暢気(のんき)に時間を過ごしていたら遅刻しそうになっていた。

「急げ……っ！」

「はぁ、はぁ……」

駅までの道を小走りで急ぐ。

チラリと後ろを見やれば、必死に後をついてきている平折の姿が見えた。

……せっかく整えた髪が乱れちゃっているな。そんなおせっかいなことを思ってしまう。

俺1人なら、全力で駆ければ余裕で間に合うだろう。

だけど、平折を置いていくなんていう選択肢なんてものはない。

「……がんばれ」

「はぁ、はぁ……うんっ」

俺にできるのは、せいぜい声をかけることだけだった。それが、なんだかもどかしかった。

「あっ！」

「平折っ⁉」

急ぎ過ぎたのか平折が足をもつれさせてしまう。とっさに平折の手を取り、身体を支える。

大丈夫か？　怪我はないか？　そんな思いより先に、小さい、柔らかいというのを感じてしまった。掴んだ手首はすっぽりと握り締められるほど細く、そして少しひんやりとしている。

掌に伝わる感覚が、平折という女の子が華奢だということを、これでもかと訴えかける。

「大丈夫か？」

「あ、ありがと……」

「行くぞ」

「あっ」

ぶっきらぼうになっている自覚はある。完全に照れ隠しの自覚もある。だけどその手を離すのが惜しかった。俺が引っ張ったほうが早いからと自分に言い訳して、駅まで急ぐのだった。


なんとか電車には間に合った。

これにさえ乗れれば、後はゆっくり歩こうが遅刻することはない。だけど、問題もあった。

「大丈夫か？」

「……うん」

いつもより数本遅い電車は、通勤ラッシュの時間と被ってしまっていた。

俺はともかく、小柄な平折は埋もれて溺れてしまいそうになっている。

運よく扉側を確保できたので、俺は平折を守るように位置取っていた。

「ふぅ……ふぅ……」

先ほどまで駆けていたせいか、平折の息は上がっている。密着とまではいかないが、平折との距離は近い。息を整えようとするたびに、熱い吐息が胸にかかってこそばゆい。

視線を落とせば、平折のつむじが見えた。

ほんのりと汗まじりのシャンプーの香りが鼻腔をくすぐる。どこか甘酸っぱいような匂い、そして腕の中にすっぽりと収まってしまう体格差が、平折を女の子だと意識させてしまう。

思わず、空いた手を握り締める。駅で離した手が、寂しいだなんて思ってしまう。

朝からずっとドキドキしっぱなしだ。今だって、心臓の音が平折に聞こえやしないか心配だ。

この状況は拷問ではないかと錯覚してしまう。それだけ、平折は魅力的な女の子だった。

最近の平折は努力していた。自らを変えようとしていた。俺は確かにそんな平折の姿を間近で見てきている。――すごいな、平折は。翻って何の変化もない自分が、なんだか恥ずかしくなってきてしまう。

「…………る、…ら」

「……え？」

『――駅、――駅』

その呟きはアナウンスによってかき消されてしまう。どうやら駅に着いたようだった。

「～っ！」

「あっ……」

扉が開くなり、平折は外に弾かれたように飛び出す。その顔は真っ赤だった。

……逃げられるのはいつものことだ。そのはずだ。

「平折っ！」

「ふぇっ!?」

だけど思わずその手を摑んでしまった。予想外の行動に平折は目をぱちくりとさせる。俺だって自分で驚いている。

理屈なんてない。ここで手を伸ばさないと、きっと後悔する。そんな気持ちだけが先走っての行動だった。

「あーその……」

「えっ、あっ……」

だから言葉だなんて出てきやしない。そもそも俺の中の感情だって定まってもいない。

お互い困った顔を突き合わせ、奇妙な空気が流れてしまう。

「よぉ、昴(すばる)！　珍しいな、寝坊か？」

「……っ!?」

「や、康寅(やすとら)！」

その時、遠くから康寅が俺を呼ぶ声がした。

反射的に手を離してしまい、解放された平折は同じ制服の人波に飲み込まれていく。

なんだか少し物寂しい気持ちになり、能天気にヘラヘラと笑う康寅が恨めしく感じられる。

「ぁ痛っ！　いきなり何するんだよ、昴!?」

「……なんでもねぇよ」

俺は腹いせとばかりに康寅の背中を小突くのだった。

「はぁぁ〜〜……」

何とも言えないため息が出る。

朝の教室で俺は頭を抱えていた。顔が赤くなっている自覚もある。急に手を掴んでびっくりされたに違いない。完全に感情が先走ってのものだった。しかしあの行動は、平折がフィーリアさんだと知ってしまったからこそのものだ。それだけはハッキリしていた。

今までのゲーム内でのことを思い返す。

『よし、50LV到達っと！』

『え、もう!?　ずるい！　私もレベリング頑張るから狩りに付き合って！』

『いいけどさ、装備はフィーさんの方が充実してんじゃん』

『じゃあ、後でトレハンにも行こう！』

一緒に遊ぶため、装備集めもレベル上げも助け合ってきた。共に頑張ってきた。

だからこそ現実でも自分を変えようとしている平折に、何もしていない俺は置いていかれるんじゃないかという焦り(あせ)のようなものを感じてしまっている。実際ここ最近の変化のきっかけは全て平折だ。だが、具体的にどうすればいいかなんて見当もつかない。

「昴、大変だ！」

「康寅？」

そんなことを考えていたら、慌てた様子の康寅が駆け込んできた。憔悴にも似た青い顔色で、いつものお調子者めいた表情はどこにもない。

この慌てよう、よほど何か大変なことが起こったに違いない。背筋を伸ばし康寅に向き合う。

「うちのクラスに見たこともない美少女がいるんだ！」

「……は？」

だが康寅の口から出てきたのは、どこまでもいつもの調子な台詞だった。

「あ痛っ」

とりあえず、今度は頭を小突くことにした。

「ほら、あの子」

「あれは……」

指し示されたのは席に座った1人の女子。

腰近くまで伸びた艶のある黒髪、幼さの残る綺麗な顔立ちに、清楚な雰囲気をもつ美少女。

大多数の者にとって、昨日までこの教室では見かけることのなかったその女の子は、何人かの女子に囲まれて質問攻めに遭っている。中にはうちのクラスの女子の姿もあった。

「それ、どうしたの!?　何かあったの!?」

「うわ！　髪とかいい匂い……香水とか使ってる!?」

「肌きめ細かっ……コスメとか何かいいのあるの!?」

「あの、いや、その……っ」

気が弱いのか、その子は彼女たちにうまく答えられないでいるようだった。

それでも一生懸命答えようとして、あわあわしている様子は小動物のように可愛らしい。そんな彼女が気になってしょうがないのか、男子連中も遠巻きに囁き合っている。

「あんな可愛い子、うちにいたっけ？」

「小柄な感じだし、後輩か？」

「リボンの色は同じ2年だぞ……くそ、ノーチェックだった」

「誰か仲のいい女子に正体を聞いてきてくれよ」

突如現れた美少女に色めき立っていた。

康寅でなくとも一体誰なのだろうかと興味津々なのは、男子として至極当然の反応なのだろう。実際俺から見ても、他の女子よりも一つ抜きん出た美貌だと思う。

「なぁ昴、凄く可愛い子だろ!?　くぅ、あんな子がいたなんて……なぁ誰か知ってるか？」

「……折、いや――吉田……お前のクラスの吉田平折だろ」

「「「ええええええええええーっ!?」」」

俺の言葉に、康寅だけじゃなく周囲の男子たちの声も重なった。

「嘘だろ!?　吉田って黒くて地味な、あの……っ!?」

「マジかよ！　確かに大人しめな感じだったけど、あんなに可愛かったなんて!?」

「彼氏とかいるのかな!?　そこめっちゃ気になるんですけど！」

「昴、お前よくあれが吉田ってわかったな、知ってたのか!?」

「……さぁな。見ればわかるだろ」

どうしたわけか、胸がムカムカした。どこか誇らしい気持ちもあるのだが、苛立ちのようなものの方が大きくなっていく。そして何より吉田と呼んでしまった自分が情けなく許せない。

平折が可愛いと褒められるのは嬉しい。だけど見た目が変わったからといって、昨日までと態度を急変させる奴らの姿は見ていて気分のいいものじゃない。

「なにあれ、下らない」

「え？」

底冷えするかのような、冷たい声だった。

周囲は男子も女子も、平折の話題に夢中でその声に気付いていない。誰かと思って見てみれば、話題の中心人物に負けないほどの美少女――南條凜だった。

どういう意味かわからなかった。普段の彼女からは到底考えられないような台詞と声色だ。

その目は憎悪にも似た色を宿しており、思わずその目線の先を辿ってしまう。

そして平折を捉えていないことにひどく安堵し、より一層わけが分からなくなってしまった。

「南じょ――」

「わぁ、吉田さんイメチェンだ！　こないだの時と同じ格好？　すごく可愛いよ！」

「え、あ、な、南條さん、その……あ、ぁりがとう……」

疑問を投げかけようとするも、南條凜はすぐさまいつもの空気を纏い直し、話題の中心である平折のところに駆け寄り、手を取った。

「髪は美容室で言った通りにすれば、癖っ毛もなんとかなるでしょ？」

「え、はい……何度か試して、コツも、つかめました」

「そうだ！　今度一緒に服も買いに行こうよ」

「ふぇ!?　い、いいんですか……？」

「うん、他にも似合いそうなものとか見てみたいなぁって」

その平折はというと、他の女子を掻き分けてやってきた南條凜に困惑しつつも、喜びを隠せないでいるかのようだった。……平折の憧れの女子だから、当然と言えば当然か。

「急に可愛い格好をしたくなる時ってあるよね！」

「う、ぅん……」

そして南條凜は皆に言い聞かせるように、それ以上の意味はないぞと宣言するかのように言い切る。それは平折を守るかのような言動だった。しかしそれは南條凜としてはごく自然な振る舞いでもあった。しかし周囲に笑顔を振り撒きつつも、その瞳はまるで笑ってはいないかのように感じてしまう。きっとそれは、彼女の猫被りを知っているからこそだろう。

「くぅぅ、美少女2人が並ぶと絵になるよな、昴！　……って、昴？」

「……戻るわ」

「お、ぉう……？」

なんとなく、居心地の悪さを感じてしまった。

それに南條凜に任せておけば、この場はもう大丈夫だろう。俺は自分の中に生まれた不快な気持ちを持て余し、それを誤魔化すようにその場を後にした。

平折の噂はあっという間に学年中を駆け巡った。

昨日まで地味で目立たなかった女子が、急に清楚系美少女に変身したのだ。話の種として取り沙汰されないわけがない。

「やっぱ男でしょー、じゃなきゃこんな時期におかしいもの」

「ちょっと真面目そうなところが男受けしそうだしね。あの子も案外あざといっていうか」

「相手は一体誰かなー？　吉田さんが男子といるとこ見たことないし」

「完全に伏兵って感じ？　オレ、今の吉田なら全然イケるわ」

「てか、強引に迫れば付き合えそうな気がしねぇ？」

「いや既にもう誰かいるだろ。あのレベルはそうそういねぇぞ？」

俺のクラスでも、男子も女子も面白おかしく囀っている。その話題のほとんどは、様変わりした容姿に関してだ。話題が耳に飛び込むたびに、胸が騒めいていくのがわかる。

——見た目のことばっかかよ……。思わず口の中で悪態をついてしまう。

その容姿が話題になるのはわかる。好奇心が刺激されるのもわかる。ただその表面だけを批評するだけで、他は全く話に上らない。平折の話だというのに、なんだか動物園の珍獣の話題を聞いているかのような気になってしまい、イライラとした気持ちばかりが募っていく。

実際、平折がどういう心境の変化であの格好をしたかはわからない。だけど、自分を変えようとして努力していたのは知っている。果たしてこれは、平折が望んだ変革なのだろうか？

窓ガラスに映る俺の顔は、随分と眉間に皺が寄っていた。


昼休みになった。

依然として平折の噂は鎮まることなく続いている。俺は居ても立ってもいられなくなり、教室を飛び出した。こんな時、別のクラスというのがひどくもどかしい。

「えーうそ!?　そんなに簡単にできるの!?」

「あーし朝とかいつも時間ないし、おざなりになっちゃってるんですけど！」

「ほんとだよ〜、だから吉田さんもこんなに変わったんだって！」

「あのその、えっと、はい……」

教室の前で女子の一団と遭遇した。平折もいる。南條凜を中心としたいつものグループだ。食堂にでも向かう最中なのだろうか？　話題の中心は平折に関してのことのようだが……見た感じ、南條凜が話の主導権を握っていた。否、そう誘導していると言うべきか。

それはまるで南條凜が平折を守っているかのようにさえ見える。

「……っ！」

「……平折」

平折と目が合い、思わず口の中で小さく名前を呼ぶ。いつものようにすぐ目を逸らされるが——いつもと違い、どこか疲労交じりの申し訳なさそうな表情に見えた。

せっかく自分を変えようとしたのに、何故顔を曇らせているのだろうか……それがたまらなく悔しい気持ちにさせられる。

『あー、やってらんねー。あいつも結局上っ面しか見てねーのなー』

ふと、先日非常階段での南條凜の言葉を思い出した。

『なにあれ、下らない』

そして、今朝のその台詞……南條凜なりに、この状況に思うところがあるのだろうか？

まるでお姫様(平折)を守る騎士(ナイト)さながらだった。

『可愛くて気が回る、か……それだけの人ならTVや雑誌にいくらでもいるんだけどな……』

そう言って、自虐的な笑みを浮かべる彼女を思い出す。南條凜がどういうつもりかはわからない。だが、平折に対して悪感情があるわけではない。それだけは確信できた。

ありがたいと思う。だけどそれだけに自分の無力さを痛感してしまい、複雑な思いを抱いてしまう。今の俺にできることと言えば、突如変貌した清楚な美少女と同居する男子だとバレて、渦中の話題の火に油を注がないようにすることだけしかなかった。

放課後になった。

平折に関する話題が尽きることはなかったが、その性質は徐々に変化していった。

「太陽の姫に月の姫！　わかるか、昴!?」

「なんだよ、それ？」

「南條さんと吉田に決まってんじゃねーか！」

「今そんなこと言われているのか？」

「おうよ！」

興奮気味にやって来た康寅が、そんなことを言ってくる。

どうやら平折の美少女っぷりは、南條凜プロデュースによる賜物(たまもの)だということになっているらしい。おかげで彼女の株も上がり、平折に対する興味も分散されることとなっていた。

「で、昴もそんな姫2人を見に行かね？　目の保養になるべ！」

「いや、いいよ」

「かーっ！　相変わらず女子にあんま興味ないとか、暗い青春を送ってるなー！」

「うっせ」

……南條凛は信用できる。彼女の猫被り(秘密)を――彼女の本質めいた部分を知っているだけに、確信していた。こと、この件に関しては彼女に任せたほうがいいだろう。

なまじ俺が出ていって、関係を疑われたら――いや、これは言い訳だ。不甲斐なさからか、南條凛に嫉妬めいた感情があるのも自覚している。そんな自分にびっくりだった。

教室に戻っていった康寅を見送り、のそのそと自分の鞄を持って席を立つ。

帰り際、隣の教室で女子に囲まれている平折を見た。恥ずかしそうにしつつも南條凛に弄(いじ)られていた。――とりあえず、大丈夫だな。そんなことを思い家路につく。いつも通り1人で駅まで歩き電車に乗る。

そういや今朝、一緒に登校するなんて初めてだったな。そう思って扉の窓を見てみれば、何故だか今朝の平折が目の前にいるんじゃないかと錯覚してしまう。

……学校でできる事は限られるな。だけど、ここからなら……

そう思うと、初瀬谷(はせたに)駅の――平折と初めて待ち合わせした駅前で足が止まる。

何故かは自分でもわからない。だけど、無性にこの場所で平折を待っていたかった。

「……ぁ」

「……よぅ」

どれくらい待っただろうか?

初秋の日差しは弱くなるのが存外に早く、西の空は茜色に染め上がっている。駅から出てきた平折は、その顔に疲労の色を隠せないでいたが、それよりも驚きの方が大きいといった表情だった。

「「……」」

いつもの、慣れた沈黙。決して居心地の悪くない時間。

ややあって、どちらともなく足を動かし始める。

夕方の住宅街を、微妙な距離を空けて男女が歩く。奇妙な光景だったと思う。そこに甘ったるい雰囲気はなく、かといって険悪な空気でもない。自然体とも言えた。

「今日はその……大変、だったな……」

「……はい」

ぽつり、と呟くように話しかける。他に言いようがあったと思う。

「俺もびっくりしたくらいだ……皆もびっくりしてただろ」

「……そう、ですね」

返ってくる言葉には、どれも元気がなかった。平折は元来大人しい性格だ。あんなに人に騒がれては、心休まる暇はなかったに違いない。興味の目だけではなく、悪意の視線も少なからずあったはずだ。それらから守ってくれたのは南條凛だろう。

――それは決して、俺ではない。

その事実に、胸が軋む。それを誤魔化すように、チラリと後ろを見やる。俯き陰の差す平折の顔に、更にズキリと胸が痛んだ。

『吉田さんは――』『吉田さんって――』『吉田はやっぱ――』『吉田――』

思い出すのは、今日の好奇の視線を投げていた外野の声。何故か吉田という呼び名が気に入らなかった。そして吉田と呼んだ自分が何よりも気に入らない。

「平折」

「……え？」

立ち止まり、その手を取る。違うだろ、そうじゃない――目の前の女の子は『吉田』なんかじゃない……そう思って平折の手を握る。

「平折……お前は平折だ」

「え……えぇっ?」

平折以外の何ものでもない――そんな自分のエゴで、当人の戸惑いなんて知ったことじゃないと手を包み込む。

恥ずかしがって、驚き赤くする顔なんて知ったことか。むしろ、その方がいつもの平折らしい。

「なぁ……平折」

「は、はひっ」

「帰って今日も……ゲーム、しよう?」

「……ッ」

そう思ったら、口から飛び出したのはそんな言葉だった。我ながら、どうかと思うような台詞だ。だけど、みるみる平折の表情が変わっていく、魔法のような言葉だった。

それがなんだか俺たちらしい気がした。

「……はいっ!」

平折は花もほころぶような笑顔を見せて、俺たちの笑い声が夕焼けに溶けていく。

そうだ、俺はこの平折の笑顔が見たいんだ。

7時間目 Play Time. 仲良くなりたい

赤く染まった住宅街を足早に歩く。俺が前で、その少し後ろが平折(ひおり)。

先ほどと同じ構図だが、心なしか2人の距離は近かった。

「「……」」

俺たちの間に流れるのは、最近お馴染みになりつつある沈黙だった。ただいつもと違うのは、俯(うつむ)き顔を赤くしているのが俺だということだろうか。……我ながら大胆な行動をとったと思う。

色々と勘違いされてもおかしくないような言動だ。実際、南條凜(なんじょうりん)への対抗意識めいたものがあったというのも否定しない。だが無意識の内から飛び出した本音だというのも事実である。だからそのことを自覚すると、熱くなる顔を夕日のせいにして誤魔化せないほどになってしまい、そっぽ向くことしかできなかった。

――もしかしたら、普段平折が逃げ出すときの心境ってこんな感じなのだろうか？

考えれば考えるほど、それらを打ち払うかのように、足の運びが速くなるだけだった。

「……ただいま」

「……いま」

結局気まずいような、むず痒いような空気のまま、家に着いてしまった。

「あら、お帰りなさい。2人が一緒だなんて珍……し……い…………平折？」

「〜〜〜っ!!」

俺たちの帰宅に気付いたのか、弥詠子さんが出迎えてくれた。

だがその顔は俺たちの――正確には髪を下ろし、どこか垢抜けた平折の姿を捉えると、どんどん驚愕に満ちたものへと変化していく。

「……」

「……」

平折と弥詠子さんの間に、何とも言えない沈黙が流れる。

互いに見つめ合っては、目を瞬かせ、時折小さく身動ぎする。傍から見れば、何をしているんだろうかと突っ込みたくなるような光景だ。しかしよくよく見れば驚きだけじゃなく、戸惑い、歓び、そして心配……そんな様々な感情が込められているのがわかる。

それらは確かに、母娘の会話だった。全く以て、似た者母娘だった。

「……そう」

「……ぅん」

どこか安心したかのような微笑みを見せる弥詠子さん。そしてはにかみながらコクンと小さく頷く平折。残念ながら俺には、平折たちの会話の内容まではわからない。だけどそこには、言葉はなくとも通じる母娘(家族)の信頼ともいえる絆(きずな)があった。――それが少し羨(うらや)ましかった。

その日の夕食は、心なしか豪華なような気がした。平折の好きなポテトグラタンはいつもよりふんだんにチーズが盛られており、付け合わせはサラダから白身魚のカルパッチョに昇格している。そして何より、弥詠子さんの機嫌がすこぶる良かった。

――そういえば、弥詠子さんがオシャレした平折を見るのは初めてではないだろうか？

その平折はというと、ニコニコ顔の弥詠子さんにずっと見られているのが恥ずかしいのか、居心地悪そうにしていた。

「ご、ごちそうさまっ」

顔を終始真っ赤にしたまま夕食を平らげた平折は、耐えられないとばかりにそそくさと自分の部屋に戻っていく。俺はそんな後ろ姿を苦笑しながら弥詠子さんと見送る。

「ありがとうね、昴(すばる)君」

「……んぐっ!?　んんっ……けほっ！」

不意打ちだった。変なタイミングでポテトグラタンを飲み込んでしまい、咽(むせ)てしまう。

「ご、ごめんなさいっ」

「いえ、大丈夫です……」

妙に間が悪くて、こうあたふたするところとか平折と似ているな、などと思ってしまう。

だけど、いきなりお礼を言われたその意味がわからなかった。

「一体何のことかわからないんですが……」

「何って……平折のことよ」

「平折の？」

「えぇ」

ますますどういうことか分からなかった。

困惑したままの表情で、弥詠子さんにどういう訳かとひそめた眉と目で訴える。

「あの子にはずっと我慢を強いてきたわ……いつしか自分を押し殺すのが当然だと思うようになり、私もそれを受け入れてしまった。周囲に迷惑をかけたくない、目立ちたくない……そんな思いから、あの子はいつも地味にしていたのよ」

「それは……」

「自分を変えようと思って、あんな格好をしたのでしょうね。きっと、昴君を信頼していたからこそ、甘えたのだと思うわ。あなたのおかげよ」

「……どういうことです」

「……ふふっ、どういうことでしょうね？」

「……わかりません」

平折が俺を信頼している……そのことを彼女の母親から告げられ嬉しかったのは事実だ。だけど、俺のおかげだというのが、どうしても理解できなかった。

「自分を変えようとして勇気を出したのは平折だ。俺は何もしていない。だからお礼を言われる筋合いは……」

「昴君……」

実際俺は何もしていない。黙って見ていただけだ。むしろ、先に進もうとしている平折に対して焦燥に似た思いさえある。だから、お礼を言われても正直困ってしまう。

「そういうところ、かしらね」

「はぁ」

弥詠子さんはニコニコと目を細めて、俺を見てくるだけだった。

「でもね、昴君。これだけはあの子の母親として言わせて」

そして、ふと俺と向き合ったかと思えば、どこまでも真剣で——そして慈愛に満ちた母親の顔でこう言った。

「平折のいいお義兄ちゃんになってくれてありがとう」

「……」

——お義兄ちゃん。

なんだか馴染みのない言葉だった。確かに義兄ではあるのだろう。正直言えば同級生だし義兄だという自覚なんて全くない。あぁ、だけど——腑に落ちるものがあった。

義兄に甘えたい義妹——そう考えれば色々と辻褄が合ってくる。

「平折は……平折だ」

「昴君……？」

先ほど平折に言ったばかりの言葉を思い出す。まるで暗示のように自分に言い聞かせて、残りの夕食を口に運んで飲み込むのだった。

夕食を終えた俺はすぐには部屋に戻らず、リビングでぼーっとしながらテレビを眺めていた。なんとなく考えがまとまらず無駄にお茶をお代わりしている。頭に浮かぶのは平折のことばかりだ。やがて無為に流しているだけの番組が終わる。時刻は8時前になっていた。

——そういやゲームしようって誘ってたっけ。

時間帯的にも普段ログインしている頃合いだったので、頭を掻きながらダイニングを出る。

「……平折」

「……ッ！」

すると扉を開けてすぐに、平折とばったり出くわしてしまった。なかなかログインしてこない俺に焦れて、何かあったのかと様子を探りに来たのだろうか？　よくよく見れば平折はいつものジャージ姿である。髪はそのままの状態だったので、なんだか違和感、というよりもアンバランスな印象を受けてしまう。だから、つい思ったことが口から出てしまった。

「せっかくなら、部屋着もジャージ以外にすればいいのに」

「～～～っ!?」

そんなことを言われた平折は、あたふたとして顔を真っ赤に染め上げていき、きょろきょろと目が泳ぎ始めたところで回れ右、自分の部屋へと逃げ帰ってしまう。その背中を見送ってから、しまった、と思ってしまった。

――何言ってんだ、俺……。色々と誤魔化すように頭を掻きながら部屋に戻る。

PCを立ち上げようとすぐ傍を見れば、スマホにメッセージが届いているのに気付いた。

《今日はログインするの？》《ちょっと教えてほしいことがあるんだけどさ》《返事がないぞ、おーい！》《フィーリアさん来た！　いいもーん、フィーリアさんに教えてもらうもーん》

全て、南條凛からだった。履歴を見れば数分おきに送ってきている。

ごめんと心の中で謝りながら、素早く《今から行く》とだけ送ってログインした。

『悪い、少し遅れた』

『遅いぞ、クライス君！』

『こんばんは、です』

先ほどのことがあったので、フィーリアさんにどんな反応されるかと思っていたのだが、存外普通だった。南條凜もあれだけ急かすようなメッセージを送ってきたにもかかわらず、普通の反応である。少し拍子抜けしてしまう。

見たところ一足先にログインした平折と南條凜は何かやっていたようだ。

『そうそう、サンク君のこれを見てよ！』

『どう、ですか？』

『うん……おぉ？』

よく見ればサンクの見た目が、昨日までの初心者装備でなく華やかなものへと変化していた。どこかの令嬢が着ていそうな赤いドレスの衣装だ。それは男性キャラも装備できるということで、主にネタキャラを使う人が好んだりするものでもある。

『他にもあるよ！　ほらさっきの！』

『これ、です！』

『ほほぅ』

今度はお尻あたりまですっぽり隠れる、秋をイメージした柄のポンチョだった。もこもこのついたベレー帽と、ホットパンツの組み合わせがよく似合っている。

『いいよねいいよね、サンク君可愛いよね！』

『素材を、買ったり、集めたりして、フィーリアさんに、作ってもらったです！』

『あ、あぁ、大したものだ……だけど、サンクって男キャラじゃなかったのか？』

確かにどちらも非常によく似合っていた。むしろ似合い過ぎて、どこからどう見ても女の子そのものだった。ならば最初から女性キャラでやった方が、と思って疑問を投げかける。

『はぁ……わかってないね、クライス君。だからいいんじゃないか！　むしろ付いていてお得って言葉もあるでしょ!?』

『倒錯的で、いい、です！』

『そういうものなのか？』

『『だよねー（、です）！』』

……どうやら2人はすっかり意気投合しているようだった。

女子2人にそう言われると、返す言葉もない。

『それよりサンク、教えてほしいことって？』

『そうです、やってみたいことがあるです』

『え、何かなー？　なんでも協力するよー？』

このままじゃ風向きが悪いと思い、話題を変えるためにスマホに入っていたメッセージのことを聞いてみる。返ってきたのは、予想外の台詞（せりふ）だった。

『僕、タンク、やってみたい、です！』

タンクとは、敵の攻撃を一身に集めるパーティの盾役のことだ。相手の行動パターンや後衛へ攻撃が飛ばないよう目を配らないといけないことから、どちらかといえば中級～上級者向けのロールと言える。少なくとも、始めたばかりの初心者にはお勧めできるものではない。

『サンク君、タンクって結構難しいよ？』

『正直なところ難しいし、初心者にはお勧めできないが……』

俺は確認するかのように尋ねるがしかし、間髪を容れずに返ってきた言葉が、彼女の意志の強さを表していた。

『実は同じクラスに、守りたいって思う女の子ができた、です』

『……えっ？』

『わぁっ！』

これまた予想外の台詞だった。南條凜が守りたいと思う女子――平折のことだろうか？　確かに今日学校で、様変わりをした平折を守るかのように振る舞っていたのを思い出す。

『だから、ゲームでも、誰かを守る人になりたいって……ダメ、ですか？』

『そんなことないよ！　ね、クライス君？』

『あ、あぁ……』

しかし、その相手と一緒にゲームしているとは露にも思っていまい。正直なところ意外だった。そして疑問も湧いてくる。果たして、南條凜にとっての平折は何なのだろうか？

南條凜は、気さくで誰にでも分け隔てがない。それは誰か特定の相手に肩入れをしないということでもある。だから、そこまで平折を気にかけるのがどうしてもわからなかった。

『うんうん、そこまで好きな子なんだねー！　青春だー！　ね、どんな子なの⁉』

『えっ⁉』

『おい、フィーさん』

平折も女の子だ。もしかしたらそういう恋バナとか好きなのかもしれないが――それはいきなりストレート過ぎる。思いも寄らない突っ込みに、サンクの挙動がどんどん不審になっていく。……まぁ、あの言い方だとそう思われても仕方ないとは思うが。

『誤解、です！　そういうんじゃ、ないです！』

『ふひひ、照れなくていいよ～、わかってるよ～』

『クライスさん、何か、言って、あげて！』

『あ～、サンクが盾で狩りに行こうか？』

せいぜいこの場で俺に言えるのは、それくらいだった。

数分後、俺たちは森林エリアにやってきていた。

『はい、追加でいっぱい引っ張ってきたよー！　頑張れ、サンク君！　傷は癒すよ！』

『お、おいフィーさん、ちょっと数が多すぎじゃ……』

『あわ、あわわわわわ』

そこではサンクが、数十匹の小鬼(ゴブリン)に群がられていた。

……全てフィーリアさんが引っ張って押し付けてきたものである。ゲームでの平折は、現実と違って結構無茶なことをしでかす。今みたいに強引な狩りを好む傾向があるし、あと何げに徹夜と、そして寝落ちの常習犯だったりもする。

『サンク、スキルの兆候が見えたら迷わず後ろに下がれ！　数は減らしてやる、死なないことだけ考えろ！』

『あははっ！　だいじょーぶだいじょーぶ、回復は間に合うと思うから！　……多分』

『ひ、ひぃいいいぃっ！』

目の前には混沌(こんとん)とした光景が展開されていた。数十匹の小鬼の塊(かたまり)を引き連れ、右往左往しているサンクがてんやわんやしている。明らかに初心者に押し付ける数ではない。

実際スマホの方にも《これどうすんの!?　耐えるの!?》《自己バフってリキャスト終えたらすぐに使っていいの!?》《あはははは一周回って楽しくなってきたんだけど！》といった慌てふためくメッセージが入っている。だけど――

『倒しきった、です！　やった、です！』

『うんうん、やったら案外できるもんだよねー』

『フィーさん、あんたな……』

確かに滅茶苦茶な狩りだった。

それだけに印象深い狩りになって、南條凜も楽しんでいるというのがわかった。

『いやぁ、それにしても美少女な男の娘が小鬼に群がられるのはなんだかグッときましたなぁ、ふひひ』

『フィーさん、またそんなおっさん臭いことを……』

『あはは、色々余裕なかった、です』

やれやれ、といった感じでため息をついてしまう。興奮冷めやらぬ様子のサンクは、まだ盾を構えてガードの練習をしている。とにかく、楽しんでくれたようで何よりだ。

『しかし、初めてにしては上手かったな』

『うんうん、そうだよ！　この調子で意中の女の子も守っちゃえ！』

『……その子、好きでもなんでもない、です』

『ふぇ!?』

『サンク……？』

『その子の周囲が、気に入らないだけ、です……』

思わぬ台詞が南條凜から飛び出した。いきなりなので、何て反応したらいいかわからない。

それは平折も一緒のようで、どうしたものかとあわあわしている。

『今のは２人は仲間だから、守らなきゃって……でも、その子は……ひどい奴、ですよね』

『サンク君……』

『……』

なんとなく、南條凜が平折を気にする理由がわかった気がした。表面だけしか見ない人間、表面の変化によって態度を変える人間……そんな手合いが嫌いなんだろう。

そして、そういう奴は陰で何を言っているかわからない。自分ではなく、客観的にそうなる対象を目の当たりにして、ああいった行動に出てしまったということか。

少しだけ、南條凜という少女がどういう人物なのかわかった気がした。だけど、それだけに気に入らない。つまるところ南條凜は、平折のことは好きでもなんでもないというのを告白したに等しいからだ。

『サンク君って優しい人なんだね』

『そ、そんなこと！』

『フィーさん……？』

だというのに当の平折からは、今の俺の感情からはかけ離れた言葉が飛び出していた。

『本当にサンク君がひどい人なら、そんなこと言わないでしょ？　その人のことが気になってるから、私たちに話を聞いてもらいたかったんじゃないかな？』

『それはっ……そうかも、です……』

『ゲームだからこそ、言えることってあるよね。それは悪いことじゃないと思うよ……！』

『フィーリア、さん……』

…………。あー、なんだ。くそっ！　やっぱり平折は変わった。いい方に変わった。

『僕、その子と話してみようと思う、です！』

『うんうん、頑張って！　付き合ったら教えてね！』

『そ、それはないです！』

『ふひひ』

そう言って、サンクを揶揄うフィーリアさん。学校では絶対に見られないような光景だ。

でも――なんだか平折と南條凜、この2人は存外にいい親友になれるんじゃ……そんなことを思ってしまった。

『「その相手とこれからどうしたいか――過去より未来の方が重要じゃないかな？」』

『「……っ！」』

『おおーその通りだね、クライス君』

気付けば、あの時南條凜に背を押してもらったのと同じ言葉を送り返していた。

そして不意にスマホが鳴る。

《そういやさ、今日の学校での私ってあからさまだったけど、吉田さん変に思ってないかな？》

《大丈夫だ、フィーリアさんに誓って》

《あはは、そっか》

目の前の画面では、ニコニコしているフィーリアさんがエールを送っていた。

——PiPiPiPiPi……

「——ッ!?」

目覚ましのアラームに無理やり意識を覚醒させられた。叩き起こされたせいか心臓がバクバクとうるさく鳴り響いている。先日と同じように寝坊したのかと慌てて時計を見るも、いつも起きる時間より30分早かった。

昨夜自分で設定を変えたことを思い出し、未だドキドキしていた胸を撫で下ろす。

「ふぁ～あ」

大きな欠伸を噛み殺しながら階段を降りる。いつもより少しだけ早い朝の日差しは、なんだか柔らかい感じだ。

「平折」

「……っ!?」

キッチンに顔を出せば、牛乳をコップに注ぐ平折に遭遇した。俺を見て固まるその姿は、寝起きのボサボサ頭にジャージ姿。最近キチンとした姿ばかり見ていたので、気が緩んでいるともいえるその姿は、なんだか逆に新鮮に感じてしまう。

それが何だか可笑しくて、思わず口元が緩んでしまった。

「あーその、おはよう」

「〜〜〜っ！」

いつものように挨拶をするのだが、どんどん顔を真っ赤にしていった平折は、脱兎の如く洗面所へと逃げ出していった。そして、ブォォオォォとドライヤーの音が聞こえてくる。

……少しだけ、悪いことをした気になってしまった。

ギリギリまで寝ていたい俺と違い、普段なら朝の時間は重ならない。

洗面所からのドライヤーの音の次は、パタパタと階段を駆け上がる音が聞こえてくる。そんな平折が慌ただしく支度をしている音を聞きながら、俺も手早く準備を済ませて、キッチンでコーヒーを淹れる。一連の音がしなくなったかと思うと平折がキッチンに顔を出す。

図らずともさっきと逆の立ち位置だった。

艶のある手入れのされた長い髪の毛先をくるくると弄り、その頬はほんのりと上気して赤く染まっている。ブラウスの襟元はきっちり閉じられて、清楚で真面目そうな美少女な姿の平折だった。

「んっ……お、おはよぅございます……」

「おう」

平折はどこか恥ずかしそうに、そして仕切りなおすかのように囁く。その瞳は少しだけ恨めしそうな色を含んでいる。

「「……」」

流れでそのまま一緒に朝食を摂ることになった。いつものように沈黙が横たわり、トーストを咀嚼する音だけが響いている。会話はなくとも、どこか居心地のいい空気だった。

平折はまだ身だしなみに気を遣った姿が恥ずかしいみたいだが、俺に対する気後れのようなものは感じない。なのに俺はといえばコーヒーを口にしているものの、喉の奥はカラカラだった。一体何のために早起きをしたのだと、自分を叱咤する。

「……なぁ、一緒に学校行く、か？」

その一言を告げるのに、ひどく勇気を必要とした。語尾は疑問形になってしまう。

――兄妹なら、一緒に行っても行かなくても普通だ、よくあることだ。そんな風に自分に言い聞かせないと、返事までの僅かな時間に、息が詰まって溺れてしまいそうになる。

「…………………うん」

小さく頷く平折の姿に、今度は胸に熱が広がっていく。我ながら現金な奴だった。

いつもより早い時間の通学路を歩いていく。先日と同じく、俺が前で少し後ろを平折。

「「……」」

まるでそこが定位置と言わんばかりにしっくりときた。一緒に登校するからといって、特に会話はない。時折感じる相手の息遣いが、何故か懐かしい気分にさせた。

まるで昔からこうだったというような……あれ、昔こんなことがあった……？

不思議な感じだった。いや、もしかして俺、何か忘れて——

「……あっ」

「っと！」

歩幅が違うのか少し遅れ気味になった平折が、少しだけ急ごうとして体勢を崩す。

俺は咄嗟に平折の腕を取り、倒れるのを支える。先日に引き続き二度目なのが恥ずかしいのか、平折の顔は耳まで真っ赤だ。

「悪ぃ、もうちょっと歩幅を合わせ——」

「こ、これならっ！」

そう言って手を離そうとすると、今度は素早く平折が手を握ってくる。

びっくりした。

いつもどこかおっとりしている平折からは信じられないスピードと行動で、そしてしっとりとして少しひんやりした感触が掌に伝わってくる。今までこうして誰かに強引に手を取られることなんて従姉の真白相手くらいなものだ。すぐ傍の平折から漂ってくる髪の香りが鼻腔をくすぐり理性を溶かす。

「え、駅まで！」

身体はガチガチに緊張してしまっていた。駅までこの状態で行こうと言っているのが辛うじてわかる。真っ白になった頭のまま駅まで足を動かす。

「「……」」

道中はまたも無言だった。

だけど左隣からは平折の機嫌の良さがはっきりと感じられた。

時折繋いだ手をにぎにぎと何かを確かめるかのように力を入れてくる。どういうことかと視線を向ければ、恥ずかしそうにしながらも、ふにゃりと顔をほころばす平折と目が合う。

――平折はずるいな。

今まで見たことのない、はにかんだ笑顔だった。心の中で白旗を上げ、何も言えなくなってしまった。これはきっと、彼女なりの甘え方なのかもしれない。

駅に着くと、ほどなくして手を離した。

さすがに人の目が気になったからだ。正直なところ名残惜しい気持ちはある。しかし今の平折は非常に目立つ。先ほどから行き交う人たちが平折を二度見しており、当の本人は肩身が狭そうに縮こまっている。

この時間帯は昨日ほど混んでいないとはいえ、座れるほど空いているわけじゃない。

電車の中だとチラ見する視線に晒されることになるだろう。俺にできるのは衝立のように平折への視線を遮るように傍にいるだけだった。堂々としてればいいのにと思わなくもないが、平折がこの格好になったのはつい先日だ。慣れるのにはどうしたって時間がかかるだろう。

『――学園前、――学園前』

そうこうしているうちに駅に着く。各車両からは同じ制服姿の生徒が吐き出されていく。俺と平折の関係は特殊だ。今後を考えればここからは別々の方がいいだろう……そんなことを考えていた時のことだった。

「……ぁ」

「……うん？」

なにやら、改札口の辺りがやたらと騒がしい。騒いでいるのは主にうちの生徒のようで、思わず何事かと平折と互いに首をかしげて顔を見合わせてしまう。

「あれは……」

そこにいたのは南條凜だった。

改札近くの目立つ場所に立ち、落ち着かない様子で周囲を窺っている。そわそわしながらコンパクトミラーで髪型を気にするその姿はまるでデートの待ち合わせのようにも見える。

「南條さんって電車だったっけ？」

「くぅ、普段も可愛いけど、あの姿は反則だろう！」

「一体誰を……まさか彼氏!?」

　彼女の家は山の手のタワーマンションだ。駅に寄るのは明らかに遠回りになる。

　そこまでして一体誰を待って——いや、まさか……っ！

「あ、いた！　吉田さん！」

「ふぇっ!?」

　平折を見つけた南條凜はパァっと表情を華やがせ、こちらへ小走りに向かってくる。その笑顔は見ているほうも頬を緩ませてしまうほどのものだ。しかしその笑顔を向けられた当の平折はといえば、困惑してキョロキョロ左右を見渡し、あろうことか俺の背に隠れようと……って、おい、それはさすがにっ——！

「……なんで倉井が吉田さんと一緒なのよ？」

「……同じ電車だっただけだ」

　なんだか出端をくじかれたという様子の南條凜は、思わず訝しげな視線を投げかけてきた。

「あんたまさか、吉田さんの気が弱いのをいいことに……」

「……ちげーよ」

「何、その間は!?　まさか本当に……！」

「誤解だ」

　よくよく見れば南條凜は俺の顔など見ずに、平折とどう話を切り出そうかとそちらの方ばかり見ている。時折『あんた事情知ってるんだから協力しなさいよ！』という目で俺を睨む。

「ほら、邪魔はしないから行けよ」

「い、言われなくても！　行こ、吉田さん！」

そう言って平折の手を取った南條凜は、学校の方へと駆け出していった。

普段の南條凜は、誰にもでも人当たりがいい。そんな彼女が見せたこともない俺とのやり取りを目にした平折は、俺と南條凜を交互に見ては慌てふためく。

「ふぇえっ!?」

そして、平折の素っ頓狂な声を残して去っていくのであった。

◇◇◇

今朝の南條凜には少々度肝を抜かされた。

昨日の今日でまさか駅前で平折を待ち伏せするとは思わないだろう。とはいうものの、ちょっと暴走気味なところが気になるけれど、普段の猫被りを見るに、きっと上手く立ち回るに違いない。そんなことを思いながら、俺は隣のクラスの平折と南條凜を観察していた。

「はぁ……眼福じゃあ……」

「何言ってるんだ、康寅」

「ははっ、そういう昴も見に来てんじゃん」

「……否定はしない」

昨日ほどではないが、隣のクラスには平折を一目見に来る者がそれなりにいた。きっと俺もこのクラスの友人にわざわざ用事を作って見に来ていると思われているに違いない。

──太陽の姫に月の姫。いつぞや康寅がそう評していたが、なるほど言いえて妙だ。

「あたしはこの色の方が好きだけど、吉田さんはどう思う？」

「えっと、その、私は……」

「ラズベリーと生クリームの組み合わせがいいのよね、吉田さんってどんなの好み？」

「あう……」

南條凜は積極的に平折に話しかけていた。

傍目(はため)には活発で太陽のように華やかで明るい美少女と、物静かで月のように楚々とした美少女が仲睦(むつ)まじく会話をしているように見える。実際康寅のように、顔をだらしなくさせてそれを眺めている男子も多い。

しかし元来平折は、グループの隅の方で聞き役に徹するようなタイプである。話の水を向けられることに慣れていないのか、どこかいっぱいいっぱいになっている様子だ。だから俺には、仲睦まじい2人というよりも、どこか凜が空回りしているかのように見えた。

だから、何となく予感めいたものはあった。

《乙女の手作り弁当食べさせてあげるから例の場所に来なさい》

昼休みに入ってすぐ、南條凜からそんなメッセージが届く。

《実は俺、からあげアレルギーなんだ》

《乙女の体重増加の危機の方が重要よ》

俺はやれやれといった気分で、非常階段に向かうことにした。

「待たせたな」

「遅い！」

「コレやるから勘弁してくれ」

「ん……ならいいけど」

俺が差し出したのはペットボトルのウーロン茶。から揚げ地獄は回避できないと悟ったので、購買で買ってきたものである。お返しとばかりによこされたのはタッパーに詰められたヘブンのから揚げ。どうやら南條凜もコラボアバターが気になっているらしい。

「この間は散々、人のから揚げだけ弁当を笑ったくせにな」

「今ならあんたの気持ちがちょっとわかるわ……そういえばあんたは持ってないの？」

「……まだ途中なんだよ」

「……それは悪かったわね」

「ま、別にから揚げは嫌いじゃない」

「ふふっ、から揚げアレルギーなのに？」

……これは自分の分のアバターも取らないと怪しまれるな。くすくすと笑う彼女を見てそう思う。幸いにして渡されたから揚げの量は平折の時よりも少ない。これなら南條凜もお腹を壊すこともないだろう。そんなことを考えながら、２人してから揚げに取りかかる。

「……」

「……」

食事中は終始無言だった。

誰もが羨（うらや）む美少女と２人きりでの食事……何となくその状況に、俺は気まずいものを感じていた。日当たりの悪さがそれに拍車をかけている。

沈黙自体には平折で慣れていたのが幸いか。おそらくは言葉を探しているであろう南條凜をじっと待つ。いつしか互いのタッパーは空になっていた。

「友達ってどう作るんだろうね」

ポツリと、南條凜は俯いたまま暗い声音で呟（つぶや）く。

難しい質問だ。なんて答えていいかわからない。

「さぁな」

「ふふっ、倉井は友達少ないもんね。祖堅（そけん）君くらい？」

「言ってろ」

「でも――全くいないあたしよりマシよね」

……。言葉に詰まってしまった。

――普段あれだけ周囲にいっぱいいるだろう？

そんな言葉が思い浮かんだが、口の中で呑み込む。とてもじゃないがそんなことを言える空気ではない。そしてなんとなくだが……どこか納得している自分もいる。

「……どうして」

困惑する頭で、俺の口からそれだけの単語が零れ落ちる。

色々疑問はある。だけど、どうしても気になったことがあった。

「どうしてひ……吉田平折なんだ？」

他にも色んな子がいるはずだ。中には社交的で、なんでも話せる親友になってくれる子だっているだろう。一方平折は内向的で口下手だし、話も弾むとは思えない。

「あの子ね、結構ドジなのよ」

「へ？」

「何でもないところでこけそうになるし、結構抜けているところもあるし……意外？」

「……それは」

ビックリしてしまった。確かに南條凜の言う通り、平折には物静かで優等生然とした見た目から、落ち着いた印象があったが、結構ドジだし抜けているところもある。

それはちゃんと平折を見ていなければ気付かない部分であり、それだけ南條凜が平折の存在を気にかけていたということに驚きを隠せない。

「それであの性格だし、初めて会った時は孤立気味で……だから手助けして、あたしの好感度を上げるためのダシにしてやろうって思って近づいたわけ」

「……打算的なやつだな」

「ひどいやつよね、あたし。まぁ女子の間には色々あるのよ」

しかしそれで、平折が救われたのは事実である。だからこそ平折は南條凜に憧れたと言っていた。俺としては正直複雑な心境だ。しかし、それが何故……？

「吉田さんだけがね、あたしを……いや、あたしだけじゃなく誰かを悪く言うことがなかった。だからあの子は違うかなって……」

「そうか……」

「こんなあたしだから、吉田さんも話しかけられても困ってるのかもね」

「それはない」

「……え」

「それだけはない」

自嘲気味に嘆く南條凜に断言する。詳しいことを言えないのが歯痒くて仕方がない。

「じゃあ、どうしたら――」

「フィーリアさんに聞こう」

「へ？」

「いや、その、南條が言ったように友達の少ない俺よりフィーリアさんの方がそういうのに詳しいっていうか、きっといい意見を言ってくれるというか……っ！」

気付けばそんなことを言っていた。自分でも他人に丸投げするような格好になり、どうかと思う。だけど、それはきっといい方向に転ぶはずだ。だって2人は――

「あとほら、顔が見えないゲーム越しだからこそ、話せることもあるんじゃないか？」

「……くす。そうね、そうかも」

自分でもらしくないくらい、熱く語ってしまったと思う。

ふと我に返ると、羞恥で顔が熱くなってしまっているのがわかる。だけどその分俺の熱意が伝わったのか、南條凜の暗かった顔がどんどん晴れやかになっていく。

「ありがと、倉井」

「お、おぅ……」

だからきっと、顔が赤いのは――南條凜の華やぐような笑顔のせいではないはずだ。


放課後になった。

隣のクラスへ平折の様子を見に行くも、既にその姿はなかった。帰ったのだろうか？

……まぁ、逃げ足の速さは折り紙付きだからな。

「昴？　ははぁん、残念だけど月は既に隠れてしまってるぞ」

「……それは残念」

ニヤニヤした顔で話しかけてくる康寅に、肩をすくめて返事をする。

「凜ちゃんもう帰るの？」

「ざんねーん」

「ごめんね、今日はちょっと用事があって」

一方南條凜も手早く荷物を纏(まと)めて帰るところだった。そんな彼女と目が合ってしまう。

「……」

「……」

どこか緊張したような面持ちだった。その瞳はあんたもさっさと帰りなさい、とでも言いたげである。教室を出る時、念を押すようにこちらに振り返り、そして足早に去っていった。

「あ～あ、太陽も沈んでしまったか……となると教室に残ってる意味はないな。昴、どっか寄って帰るか？」

「コンビニ」

「小腹が空いたのか？」

「そんなところだ」

そんな会話をしながら、康寅と連れ立って学校を出る。

運の悪いことに、空は随分とどんよりとしていた。もしかしたら一雨くるかもしれない。

空模様が気にかかりつつも、学校最寄りのコンビニでから揚げを買った。6個入りで178円。結構なボリュームがありコスパはいいと思う。コラボアバターのためにこれを7つとなると、とてもじゃないが1日で食べれる量じゃない。食べ盛りの男子高校生としてもきつい。

……平折は一刻も早くコラボアバターが欲しいからって、一気にまとめ買いしたんだよな。

そのことを思い出し、くすりと笑いが零れてしまう。

「ところでさ、昴は実際どう思う？」

「何がだ？」

「決まってんだろ、吉田だよ！」

「……あぁ」

突然にその話題を出されて、一瞬ドキリとした。俺にとって平折の話題はデリケートな問題だ。特に今は義兄妹(きょうだい)だとバレたら大変なことになる。

「ぶっちゃけかなりレベル高いっしょ？　狙ってる奴も多いだろうし」

「……狙ってる？　いや、まぁ確かに可愛いと思うが」

「でしょー？　押せばなんか押し切れそうっていうかさ、そんな感じだって言われてるし」

「なんだよ、それ……」

何だかむかっとしてしまった。

腹の奥底にぐつぐつした感情が生まれ、吐き気にも似たように喉をせり上がってくる。見た目が良くなったから——その手のひらを返したかのような周囲の反応に、なんだか苛立ちを隠せない。

「中身とかよく知らないのに、よく付き合いたいとか思うよな」

悪態をつくかのように、そんな言葉が飛び出した。言わずにはいられなかった。

「いやー可愛い女の子と付き合いたいって誰だって思うっしょ。知らないところは付き合ってから知ればいいな、みたいな？」

「……俺にはわからんな」

「ははっ、昴はそうか。でも実際さ、南條さんがあれだけ告白されまくってんじゃん？　世間的にはそんなもんなんじゃないか？」

「……そう、だな」

納得することはできなかったが、康寅の言葉には一理あった。だけど、表面上だけしか見ずに、相手とどうこうなりたいという考えにどうしても賛同できはしない。

『あー、やってらんねー。あいつも結局上っ面しか見てねーのなー』

今なら、かつて南條凜が言ってたその気持ちがよく理解できる。

平折を助けたい、周囲が気に入らない――なるほどな、俺も同意見だ。

「はは、もしかしたら吉田、今頃誰かに告(コク)られてたりしてな」

「……そんなっ」

馬鹿な、と言い捨てることはできなかった。去年、南條凜が入学1週間もしないうちに告白されて話題になったのを思い出す。放課後になってから一度も姿を見ていない。今どこにいるかもわからない。途端に不安な気持ちが押し寄せてくる。

――ポツ……ポツ……

そんな俺の心境に呼応するかのように、雨が降り出してきた。

「っと、これ激しいのくるかも？　駅まで走ろうぜ、昴！」

「……あぁ」


電車に乗る頃にはすっかりどしゃぶりになっていた。窓から降る雨を眺めながら、スマホの連絡先を見つめる。そこにはいくら探しても平折の名前はない。

――連絡先さえ知らないのな。

平折は義妹(いもうと)だ。義理の兄妹(きょうだい)だ。他人と言うわけではないけれど、肉親かと言われるとそうだとは言い切れない。そのくせ同じ家に住んでいるし、同じゲームを一緒にしている。学校も同じ。だというのにＩＤも知らない。そんな不思議な関係。

『初瀬谷（はせたに）～、初瀬谷～』

駅に着いたが、相変わらずの雨足だった。傘なしではさすがに躊躇（ためら）うレベルである。夕立だからすぐにやむものかなと空を見上げてみるも、一向に弱まる気配はない。

――平折は雨、大丈夫なのだろうか？

ふとそんなことを考える。胸の中は空と同様荒れていた。

「あ、あのっ！」

「……え？」

改札を出たところで、飼い主を見つけた犬のように近づいてくる女の子がいた。長い黒髪を尻尾のようになびかせて、突然のことでぽかんとしている俺の懐（ふところ）まで一気に距離を詰められる。

「平折？」

平折だった。思いがけない登場に狼狽（ろうばい）してしまう。

「あのっ、雨、急に降ってきて……その、強いし、わたし折り畳みあるからっ、一緒に……」

必死な様子で、普段の平折からは考えられない早口だった。

胸元に抱えた小さな赤い折り畳み傘の存在をアピールしてくる。どうやら俺の傘事情を気にして、待っていてくれたらしい。先ほどまで胸にくすぶっていたものが、雨と一緒に流れていくかのように感じてしまう。

「迷惑……でしたか？」

「……っ！　そんなことねぇよ！　その……ありがと」

「〜〜〜っ、ぅん」

「俺が持つよ」

平折の折り畳み傘は、彼女の体格に合わせたサイズなのか、思ったよりもずっと小さい。

持ち主に雨がかからぬようそちらの方に傾ければ、俺の右肩は完全にずぶ濡れになってしまうだろう。だけど、そんなことは関係ない。なにより俺のことを気にして待っていてくれた——その心遣いが嬉しかった。

小さく頷く平折のはにかむ顔を見ていると、荒んだ心が洗われていくかのように感じられる。

だからなのか、聞きたい言葉はスラリと出てきた。

「なぁ平折、今更だけど連絡先を教えてくれないか？」

「……え」

出てきたのはいいが——今度は俺が、早口になってしまう番だった。

「いやほらその、今後もこんなことがあるかもしれないし、そんなとき連絡先がわかれば色々都合がいいというか……」

「……今後も」

なんだか気恥ずかしかった。平折が早口になってしまうのもわかる。

「その、いいか……？」

「…………はぃ」

雨の初瀬谷駅の時計下。フィーリアさんと初めて待ち合わせした場所。

そこで俺たちは、初めて連絡先を交換した。

ザアアァァァと大粒の雨が、傘や地面、俺の右肩を叩く。

強い雨音をBGMに、家までの短くない距離を歩く。小さな傘のため自然と密着する形になった。時折剝き出しの腕が触れ合い、ともすれば互いの息がかかるような距離感。

俺は否が応にも、平折という少女を意識させられてしまっていた。

「「……」」

いつもと同じ無言の時間。いつもと違い緊張に包まれた空気。

すぐ隣に視線を移せば、平折の手入れの行き届いた髪が見える。いつもより高い位置にある傘のせいで、毛先の方は雨に濡れてしまっていた。

――小さいな。そんなことを思ってしまう。

平折は女子の中でも小柄な方なので、俺とは頭一つ分の差がある。華奢な肩が腕に当たれば、あまりの細さに不用意に触れると壊れてしまうんじゃないかと錯覚する。庇護欲にも似た感情が込み上げてくる。しかし考えてみると、いつだって一歩踏み出すのは平折の方だった。

こんなに小さな肩だけど、果たして俺は胸を張って並べられるのだろうか？

弱気な心が顔を出すが、それではいけないと、自戒するかのように傘を平折の方に傾ける。肩が物凄い勢いで濡れていくが、頭を冷やすという意味では都合が良かった。そして右半身がバケツで水をかけられたくらいにずぶ濡れになった頃、家に着いた。

「ただい――」

「〰〰〰っ」

「――平折？」

帰宅早々、びしょびしょになった靴を脱ぐ。すると、平折にぐいぐいと強引に両手で背中を押されたのだ。何故そんなことをされるのか見当もつかず、困惑する頭で振り返る。平折を見るも、ぷくーっと頰を膨らませているだけで、どういうつもりか全く意味がわからない。

「か、肩！」

「肩？」

その視線はびしょ濡れになった俺の右上半身に固定されていた。まるで睨むかのようなその眼差しは、どこまでも真剣で、責め立てているみたいにも見える。

「お風呂！」

「あー、ごめん」

だから俺が悪いことをしたような気になり、思わず謝ってしまった。

風呂から上がると、脱衣所には俺の部屋着が用意されていた。

平折が用意してくれたのだろうか？　着慣れたシャツと短パンを身に着け、自分の部屋に戻る前に、コンコンと平折の部屋をノックした。

「先、使わせてもらったからな」

「……ん」

扉からは、小さく平折の返事がした。ガシガシと濡れたままの頭を拭きながら自分の部屋に戻る。そして鞄の中身を取り出していくと、スマホにメッセージの着信があることに気付く。

《ねぇ、あんたまだログインしないの？》《そういやフィーリアさんっていつ頃ログインするの？》《返事がないぞー、おーい！》《ソロは飽きたんですけどー！》

数分おきに、そんな履歴が残っていた。

――南條って結構せっかちなところがあるよな。などと思い苦笑が漏れる。

《俺がログインするのは夕飯後だな》

《7時過ぎくらい？》

《そんなところ》

《フィーリアさんは？》

さて、なんて答えたものか。悩んでいるとガチャリと隣の部屋の扉が開き、とてとてと階段を降りていく音が聞こえた。平折もそれなりに濡れていたし、お風呂に入るのだろうか？

《大体同じくらいじゃないか?》

《わかった》

夕食後、俺は平折が部屋へ戻ったのを確認し、敢えて十数分時間をずらしてログインした。

『よぉ、皆もう既に来ていたか』

『あ、クライス君こんばんは!』

『こんばんは、です』

我ながらわざとらしい挨拶に、なんだかなと思ってしまう。

先にログインしていたフィーリアさんとサンクは、アバターのコーデの組み合わせ談義に花を咲かせているようだった。こういう系統はどんなのがある? こういうやつはどう組み合わせたらいい? と、女子特有ともいえる話の熱気に、つい尻込みしてしまう。

横から聞いていて南條凜がから揚げを食べ切っていないということだけはわかった。そして話題が途切れた頃、サンクが真剣な口調で話を切り出す。

『相談、いいですか?』

その緊張感がフィーリアさんにも伝わったのか、昨日の話の続きだと察したらしく居住まいを正す。俺とも目が合い頷きを交わす。

『友達って、どうやったら、なれますか?』

それは、昼休みに聞いたときと同じ質問だった。正直明確な答えがない質問だ。人によってその答えも違うだろう。ただここでは、フィーリアさんの意見を聞くのが重要だった。

俺は固唾を呑んで、その返事を待つ。時間にしてせいぜい1分か2分。傍で聞いている俺でさえドキドキとしてしまっている。質問の当事者である南條凜にとっては、相当に長い時間に感じられているに違いない。

『うんうん、そうだね……よし、サンク君今からミッション弾丸ツアーに行こう』

『『へ？』』

だがフィーリアさんから飛び出したのは、予想もしない言葉だった。

どういう意図があるのかわからず、サンクと顔を見合わせてしまう。

『それじゃあ行こう！　さぁ、さぁ！』

『ちょ、フィーさん！』

『え？　へ？』

強引にパーティ申請を飛ばしてきたかと思うと、すぐさまギルドの受付へと直行し、片っ端から俺たち3人で行けるものを受注していく。

『こないだと同じく、サンク君が盾でクライス君がアタッカー、わたしがヒーラーね！』

『あー、もうっ！』

『ま、待って！　行きますっ！』

　スタスタとどんどん先に行くフィーリアさんを、一体どういうつもりなのかと、疑問に思いながら追いかける。そこからは怒濤の行軍だった。

『あはは、氷の洞窟は滑りまくっちゃうねー！』

『ちょ、ここの属性対策とか何も持ってきてないぞ！』

『あわ、あわわわ上手く進めなっ』

　息つく暇もなくフィーリアさんに連れ回されて、様々な場所へと足を運ぶ。

『ひゃー！　砂漠だと面白いくらい熱気でＨＰが減ってくねー！』

『サンクにフィーさん、急がないと手持ちの水魔石が切れちまう！』

『えっ、あれっ、蜃気楼!?　ま、迷子ですっ！』

　南條凜はゲームを始めたばかりだから、初見の場所がほとんどだ。当然のことながら、トラップやギミックにも面白いほど引っかかる。

『うーん、天峰の空中庭園っていつ見ても周囲の景色が綺麗だよね！　雲海とかすごーい！』

『気をつけろよ、ここの落とし穴のトラップは全部即死コースだ』

『う、あ、ご、ごめんなさい、今何か変なの踏んで……っ』

　しかもパーティを牽引する盾役ということもあり、それによって壊滅しかかったのも一度や二度じゃない。そのたびにサンクは申し訳ないと思って、謝ろうとするのだが――

『あはは、いいっていいって！　さ、次に行こ？』

フィーリアさんは笑って続きを促すだけだった。なんだか色々可笑しくなって、俺も笑ってしまっていた。きっと南條凜も画面の向こうで笑っているに違いない。

この冒険は確かにぐだぐだだった。だけど、むしろトラップやギミックに引っかかること自体を楽しんでしまっていた。正直、目茶苦茶なプレイをしていたと思う。だけど俺たちは、確かにゲームを通じて楽しいという気持ちを共有していた。

——あぁ、やはりフィーリアさんと遊ぶと、こうした下らないことでも楽しくなってしまうな。苦笑が漏れる。気付けばとうに3時間は経っており、時刻は23時を回っていた。

『さ、さすがに疲れたー！』

『俺だってへとへとだ』

『でも、楽しかった、です！』

『でしょ!?』

『っ！』

『フィーさん？』

その言葉を聞きたかったとばかりに、フィーリアさんはサンクに詰め寄る。食い気味に迫られたサンクはびっくりした様子だ。

『サンク君、私たちって友達だよね。クライス君もそう思うでしょ？』

『え？　あ、はい。そうです』

『ん、そうだな』

先日から一緒にプレイして楽しい時間を共有している。友達、と改まって言われるとこそばゆい感じがするが、確かにそう言っても差し支えない。

『きっとね、私たちのように一緒に楽しい時間を過ごせれば、自然と仲良くなれると思うよ』

『そう……かな……そう、ですね……』

『……』

その言葉は、まるで俺に向けられているかのようだった。

『思い切ってその子に向かって一歩踏み出せばいいよ。私はね、このゲームで勇気を出すってのを学んだんだよ』

——……あ。

その時、何故か——

初めてフィーリアさんだと思って、平折と会った時の姿を思い出してしまった。

思えば話も全然しなかったし、コラボフードの実食も無言。カラオケだって俺がちょっと1人で歌うだけという散々なもの。でもその姿は、きっとゲームをしてきたからこそ……勇気を振り絞って一歩踏み出した平折の象徴の姿だ。

——それが、今、目の前のフィーリアさんと明確に重なって見えた。

『だからね、サンク君も頑張れ！　私も頑張るよ！』

私は一歩踏み出したんだから、とでも言いたげなその言葉は、サンク（南條凜）だけでなく俺の胸にもストンと落ちるのであった。

夢を、見ていた。夢の中の俺は今より随分と幼かった。

『何やってんだ、ほら行くぞ』

『……え？』

小さな手を引っ張って、雑踏の中を歩く。そいつはいつも我慢して、何も言わず愛想笑いばかり浮かべていた。俺はそれが気に入らなかった。

『お前、嫌なことは嫌ってちゃんと言えよ』

『……』

『皆心配してたんだからな』

『……』

話しかけても何かを促しても、そいつは反応の薄い奴だった。

当時の俺も子供だった。自分の都合を押し付けてばかりで、相手の気持ちなんて考えも及ばない。意地になっていたと思う。それらは失敗だったと、今ならわかる。ああ――

――〰〰〰♪

「――っ!?」

突如鳴り響いたスマホの音に叩き起こされた。

朝っぱらから何事かと、寝惚けた頭で誰からなのかと確認もせずに通話をタップする。

「ふぁいっ！」

『……っ！』

起き抜けに突然の電話だったので、間抜けにも思いのほか大きな声を出してしまう。相手も想定外の大声に、驚いて息を呑む気配がした。

『……ぁ』

「……？」

『……ぁ、朝です』

「……平折？　え？　あ、うぉっ!?」

時計を見てみれば、いつも起きている時間をとうに過ぎていた。遅刻するというほどではないが、のんびりとしていられる時間でもない。どうやらアラームをセットし忘れたようだ。

「すまん、助かった！」

『は、はい』

スマホを放り出し、部屋着を脱ぎ捨て制服を引っ掴む。それにしても初めての平折との通話がこれか……。俺は呆れ気味に笑いながら登校の準備を進めていった。

「あー、おはよう、平折」

「……ぉはよぅ」

用意を済ませて一階に降りれば、ダイニングで平折が朝食を摂っていた。

その向かいの席にはコーヒーとトーストが用意されている。……俺の分なのだろうか？

「いいのか？」

「……ん」

と思って尋ねれば、平折は小さく頷く。時間も差し迫っていることだし、俺はそれに甘えることにした。

「鍵はかけたか？」

「……ぅん」

あれから数日経っていた。いつの間にか、平折と一緒に登校するのが日常的になっている。

共に駅までの短くない道を歩む。

「「……」」

俺の少し後ろをとてとてと、親鳥を追う雛のように平折がついてくる。特に会話をすることもなく、ましてや手を繋いだりもしない。さりとて、気まずいというわけでもない。収まりがいいといった表現が適切な感じだった。自然体とも言ってもいい。

——もしかしたら、本当の兄妹だとこういう感じなのかもしれない。

どこか機嫌良さそうにしている平折を見てそう思う。


『——学園前、——学園前』

到着のアナウンスと共に、電車の扉が開く。降車する人たちが一斉に扉から吐き出される。そのタイミングで、俺はそれまで一緒だった平折と距離を取った。……少し名残惜しい気持ちがあったが、平折が注目を浴びている今、義兄妹とバレるわけにはいかない。

「おはよう、吉田さん！」

「ぉ、おはよぅ、南條さん」

改札を抜けたところで、太陽のように華やかで明るい美少女が、平折に近づいてくる。南條凜だった。

見るものを魅了するような笑顔で挨拶をする彼女に、控えめに返事をする平折。それは一種絵画めいた光景だ。２人の美少女が織りなす姿にため息をつく男子生徒も散見される。

あれから、平折と南條凜は自然な形で仲良くなっていった。

「実はちょっとシャンプー変えてみたんだ。どうかなー？」

「すんすん……ん、前の方が好みかもです」

「なるほど、吉田さんは柑橘系の香りが好きと」

「あはは、あくまで私は、ですけれど」

今だって他愛ない会話をしながらも、南條凜が平折の隣にいる距離は、俺とのそれよりも近い。それだけ彼女が平折へと踏み込んでいるということを物語っている。

元より南條凜は相手の求めるものを嗅ぎ当て、猫を被るのが得意だ。それを応用すれば平折のペースを摑んで仲良くなっていくのは、さほど苦労するものでもなかったようだった。

積極的に相手のペースを乱さず魅了していく術は、見ていて感嘆するものがある。

そしてその能力は、ゲームの方でも如何なく発揮されていた。

『水龍の試練に挑戦したい、です！』

『おいおい、あれってサブストーリーの中でも難易度が高いやつだぞ』

『サンク君だと、レベルを上げて装備を整えるとこからだね～』

『色々、まとめサイトとかで、情報は調べました！　僕のレベリングと、お2人の素材集めのトレハンを兼ねて、鬼の森で纏め狩りしましょう！』

『……やる気満々だな』

『あ、それだと私も嬉しいなー。よーし、じゃあ行っちゃおーか！』

自分のしたいことや手伝ってほしいことを積極的に伝え、尚且(なおか)つこちらの興味を引くメリットも示す。おそらく学校でも平折に対して、先日のように空回りすることなく、ゲームの時のような感じで接していったのだろう。

「はぁ、太陽と月の競演……いいよなぁ」

「康寅」

背後から登校中の康寅に話しかけられる。平折と南條凜はお互いによく目立つ。

俺は2人を見守るかのように後ろをついていった。また、そんな2つの花を愛(め)でようと後ろをついていく者も多い。康寅もその1人だった。

「なんだかんだ言って、昴もいつも見ているよな……ふひひ、ま、気持ちはわかるよ」

「……そうか」

「うーん、でもだけどなぁ……気付いてるか、昴?」

「何がだ?」

「他の女子の視線」

「……どういうことだ?」

「俺も人伝(ひとづて)に聞いて、うん？　って思ったことなんだが……」

「……」

康寅の話を聞いてみれば、ああ、なるほど、と思ってしまう内容だった。

南條凜は人気者だ。男女共に人気があるが、主に女子同士のグループで動くことが多い。そしてそのグループが友情だけで成立していないということを、本人から聞いて知っている。

『最近吉田さん調子に乗ってない？　てかあの子も上手くやったよねー』

『確かに可愛くなったけど……どうせ、男に股開くためでしょ？』

『ていうかさ、南條の奴も吉田に構い過ぎだってーの。おかしくね？』

『あーあ、せっかく南條グループっていうヒエラルキー強者の仲間入りができたのにさー』

休み時間、注意深く周囲の声に耳を傾けてみれば、そういった不満が数多く飛び込んできた。

もちろん表面的には皆は仲良くやっているし、何も問題は起こってないように見える。

……正直。ハラワタが煮えくり返りそうになった。

要は嫉妬だ。虚栄心の拗らせだ。それはまるでスクールカーストの頂点のように扱われている南條凜が、平折にご執心なことによって生じた歪みだった。そして長年積み上げられた固定観念により、南條凜というブランドをフイにするより、利用したいという思惑が透けて見える。

このままだと遠くないうちに、その負の感情の矛先が平折に向けられるのは明白だった。

――なんとかしないと。そう決意した午後の休み時間、廊下でばったりと南條凜に出くわす。

その顔は俺と同じく深刻そうな表情をしていた。

「ねぇ、放課後時間あるかしら？　ちょっと話したいことがあるんだけど」

「奇遇だな、俺もだ」

何ができるかわからない。だが、俺にできることは小さなことでもしたかった。

山の手にあるタワーマンションは、相変わらず威容を誇っていた。

その外観だけでなく内装も普段見ることのない豪華さで、二度目とはいえ場違い感を拭(ぬぐ)えない。更には学園のアイドルとも言える南條凜の一人暮らしの家に招かれたとあっては、緊張の極みに達してもおかしくないだろう。だというのに俺は今、困惑の極みにあった。

「これはどうかしら?」

「……いいんじゃないか? ていうか色々見えそうになってるぞ」

「ははぁん、さっきより微妙に反応がいい気がするわね。こっちの方が肌面積が多いし……っていうかこんな布切れ、何が楽しくて見るんだろうね?」

「ちょっ、バカ! 何やってんだよ!」

呆れたような、そしてどこか悪戯(いたずら)っぽい笑みを浮かべた南條凜が、チラリとその短いスカートの裾(すそ)を摘(つま)み上げたので、足の付け根の危うい部分が見えそうになってしまう。俺がそれから全力で目を逸らせば、クスクスという揶揄(からか)うような笑い声が聞こえてきた。ていうか、俺の反応を見て楽しんでいるだろ……まったく、色々と厄介な女である。

その南條凜はといえば、彼女の女の子らしい撫で肩がよくわかるオフショルダーの白いトップスに水色のフレアスカートというカジュアルな服装をしていた。ちなみにさっきまでは、秋らしい色柄のニットのワンピース。更にその前が落ち着いた感じのモノトーン基調のセットアップ。他にもふわふわして女の子らしい感じのものや、キリっとしたボーイッシュなもの、色気溢れる大人びたものなど、様々な服をどうかと見せられていた。

手持ちの服の種類の多さもさることながら、そのどれをも魅力的に着こなしてしまうのは、さすがだと感嘆してしまう。

「あぁ、もう！　週末の吉田さんとの買い物、一体どれを着ていけばいいのよ！」

「知るかよ」

思わず、呆れた声で突っ込んでしまう。

真剣な顔で話があるからうちに来いと言うものだから、てっきり平折に対する周囲の反応の件かと思いきや、このファッションショーである。俺はちょっと拍子抜けしていた。

「大体ひ……友達と買い物に行くだけだろう？　自分の好きなものを着ていけばいいだけじゃないのか？」

「……ないのよ」

「は？」

「こういう時って、大体相手の好みそうなものに合わせて選んでいたから……自分の好きなものって言われると、ないのよ……」

強いて言うなら部屋着のジャージかしらね、と自嘲気味に呟く。

どうせなら相手の嗜好に合わせた格好をして、親近感を演出したい――今まで周囲の空気を過剰に読み取って猫を被り続けてきた少女にとって、それは深刻な問題のように思えた。

――しかし、そこでジャージとか……

思わず平折の家での姿を思い浮かべてしまい、なんだかクスリと笑ってしまう。

フィーリアさんの好みなら多少わからなくもないが……あれはゲームの中であって、現実世界で言えばコスプレの範疇になってしまう。

「どうせなら特徴のない服で行って、一緒に何がいいか選んでくれればいいんじゃないか？」

「……っ！　それ、採用！　倉井もなかなかいいこと言うわね。あ、ちょっと待ってて！」

天啓を得たりといった顔をした南條凛は、もう何度目かわからなくなった着替えのため、自分の部屋へと引き返していった。そして悩むこと数分、彼女の部屋から漏れてくる『これかな？』『無地の方がいいか』などの声がやんだのち、戻ってくる。

「あまり特徴のない……これでどうかしら？　変じゃない？」

「……っ」

それはデート等で定番ともいえる白のワンピースに、秋っぽい色合いのジャケットを合わせたものだった。確かに特徴があまりないと言われればそうなのだが、その分南條凜の美貌を際立たせ、思わずドキリとしてしまう。

「ふーん、悪くない反応ね」

「うるせーよ。南條ってさ、いつもこういう時って、こんなに悩んでるのか？」

「だって……友達と行くのなんて初めてなんだもの……」

「……そうか」

照れ隠し半分、呆れ半分で尋ねてみると、恥ずかしいような困ったような表情で、予想外の答えを返されてしまい、それ以上何も言えなくなってしまう。

それだけ彼女にとって平折が大切な存在になっているというのがわかってしまった。

嬉しいような、少しモヤっとするような、不思議な気分になる。だからこそ、ついでとばかりに気になっていたことを聞いてみた。

「そういえば南條がひ……吉田平折をプロデュースしたって話だけど、その時一緒に服とか買ったんじゃないのか？」

「あの時は行きつけの美容院を紹介して、服は雑誌のを勧めただけ。買い物は初めてなのよ」

半ば好奇心と面白半分ってのもあったけどね、と付け加える。

「まぁだけどね、あの地味で目立たなかった吉田さんが、顔を真っ赤にして自分を変えたいって言うからなんだか眩しく感じちゃって……思えばその時からかな、彼女のことが特別気になるようになったのは」

……なるほど。その時がきっと、平折が一歩踏み出した瞬間だったのだろう。

「あんたも……いや、あんたは……」

「うん？」

「あんたも変わりたいっていうなら、あたしがプロデュースしてあげようか？」

「……機会があったら頼むよ」

「ん、そう……それよりあんたも何か話があるみたいだったけど、何なのさ？　あたしに何か関係あること？」

「ああ、そうだ。もう南條も気付いてるかもしれないが――」

と前置きして、今日気付いた平折に向けられている悪意について説明していく。

今の南條凜は平折に対しては同志と言っても差し支えがないと思う。おそらく、何かいい提案をしてくれるはずだ。だが――

「現状、こちらから何かできるってことはないわね」

「南條っ！」

「落ち着きなさい。そして冷静に考えて？　ちょっとした噂や嫉妬からくる愚痴みたいなものよ。それを止めることなんてできないし、これからもついて回ることだわ。結局は吉田さん個人の問題になると思う」

「だけどっ！」

「倉井……あたしに何も感じるところがないとでも思ってんの？」

「っ！　……ごめん」

南條凜の目には、いっそ憎悪とも呼べる炎が宿っていた。激情に駆られただけの俺よりも、昏く、底の知れない瞳をしていた。

――まずは冷静になりなさい。必死に感情を押し殺したその瞳に、俺の頭も冷えていく。南條凜の言う通りだ。まずは冷静に見極めて対処していかないと。

「まだ具体的になにかされたってわけじゃないわ。だから、こちらから先に手を出すことはできない。歯痒いけれど……今は注視して見守るだけね」

「……あぁ、わかった。だけど、なにか手伝えることがあったら言ってくれ。何でもする」

「倉井って……いや、そういうのじゃないみたいだし……」

「南條？」

「ううん、なんでもない。あんたは他の奴とはちょっと違うかなって思っただけ」

「何だそれ？」

ふと穏やかな表情を見せ、俺に微笑む。……どういう意味だろうか？

――～～～～♪

その時、スマホがメッセージを告げる音が鳴った。一言断りを入れて画面を確認する。

《今どこですか？　お願いがあります。初瀬谷の駅で待っています》

……平折からだった。

「悪ぃ南條、今日はもう帰るわ」

「そう……まぁ色々言いたいこともあるけど、熱くなり過ぎないでね」

「あぁ、肝に銘じるよ」

「ふふ、よろしい」

《今から向かう。20分ほどで着く》

平折にそれだけ返し、俺たちの家の最寄り駅でもある初瀬谷駅へと向かった。

駅まで走っている間はともかく、ジッと座って電車に揺られるだけの時間は何だかやたらと落ち着かない。途中何度かメッセージを送ろうとするが……何度も打っては消すを繰り返す。

何を送っていいかわからなかった。

逸る気持ちを宥めながら改札を抜けると、尻尾があればぱたぱたと振っていそうな笑顔を見せて、駆け寄ってくる美少女がいた。

「……あっ！」

「平折……っ⁉」

こちらもその姿を見とめて駆け寄ろうとするも――足がその場に縫い留められてしまった。

頭の中も真っ白になってしまう。にぱっと機嫌良さそうな顔をする平折に対し、眉間に皺を寄せて詰め寄る。

「あ、あの、ちょっとしたお願いがあっ――」

「……一体どうしたんだ、平折」

「ふぇ？」

「平折！」

その端整な右頬には、明らかに誰か人の手で付けられた赤みがあった。

「頬、どうしたんだ？」

「えっ……、あ、あの、これは……こけちゃって……その、ドジだから……」

俺の指摘で気づいたのか狼狽した様子を見せるも、すぐに作り笑いで誤魔化そうとする。

明らかに嘘だった。何でもないよと言いたげな笑顔だった。それは自分に我慢を強いている――あの頃俺が気に入らなかった愛想笑いをする顔と、一緒だった。

そんな顔をさせている自分が、ひどく情けなくて仕方がない。

「あ、あの、手……」

「っ！　……ごめん」

慌てて肩を掴んでいた手を離す。目の前の平折を見てみれば、困った顔で掴まれていた肩をさすっている。どうやら思っていた以上に頭に血が上っていたらしい。

──ったく、南條凜にも冷静になれと言われたばかりなのにな……

「ふぅー……」

大きく一つ深呼吸をし、焦りにも似た気持ちを吐き出していく。

そして俺は、そっと平折の赤くなった頬に、できる限り優しく手を添えた。

「平折、大丈夫か？」

「ふ、ふぇっ!?」

そこはほんのりと熱を帯びていた。腫れているから当然だ。よく見れば髪も乱暴に引っ張られたのか少し乱れている。そして学校で耳にした、平折へ向けられた悪意の囁きを思い出す。

何かあったのは想像に難くないが、当の平折は何もないと言っている。

──無理はするなよ。そんな思いを込め、最後に頬を撫で上げて手を離す。

「何かあったら言えよ」

「あ……ぅん」

そう答えた平折を見れば、切なげにため息を漏らして瞳を潤ませていた。もしかしたら、頬を打たれた時のことを思い出しているのかもしれない。何もできない自分が歯痒い。

こう見えて平折は、頑固で意固地だということを、フィーリアさんを通じて知っている。目当てのドロップがあるなら出るまでひたすら籠るし、ガチャならば目当てのものが出るまでひたすら回すタイプだ。聞いたところで、おそらくちゃんと答えてくれることはないだろう。

この件は南條凜にも伝えないと。彼女ならきっと何かいいアドバイスをくれるに違いない。

「そういえば、何か頼みごとがあるのか？」

「ぇ……ぁ……ぅん」

一体、ここに呼び出した用は何なのだろうか？

頬の件は自分でも言われるまで気付いていないような反応だったので、そのことではないだろう。今日は先日のように雨は降っていないし、残念ながら他に用事の心当たりがない。

「ぁ……ぇっと、その……」

「何でも付き合うぞ、言ってみろ」

心配するなとできるだけ気持ちを込めて言ってみるも、顔を赤くした平折は俯き言い淀む。それほど、言いづらいことなのだろうか？　……それでも逃げ出されないだけマシか。そんなことを思いながら、ジッと平折を見つめて待っていた。

「……」

いつものように沈黙が流れる。

1分か2分、しばらくして、意を決したのか顔を上げ、まっすぐ俺の目を見て言った。

「ふ、服を、一緒に選んでくださぃ……」

「服？」

いきなり服と言われて一瞬どういうことかと思ったが、つまりは今度の週末、南條凜との買い物に行く時に着ていくものが欲しかったらしい。

以前オフ会で見た南條凜に選んでもらった服があるのではと思ったが、どうやらそれではダメとのこと。どうしても自分で選んだもので行きたいと言う。

『ち、ちゃんと自分で選べるのを知ってほしくて』

一方的に彼女に頼るだけじゃなく、自分でも選べるようになったところをアピールしたい。だから俺に協力してほしいということだった。

俺たちはその足で初瀬谷駅に隣接するショッピングモールに来ていた。

地方都市の余った広い土地で3階建てのそこは様々な商業施設が入っており、平折の服を見るには手近で打って付けの場所と言える。

「ううう～……」

当の平折はといえば、その手入れのされた綺麗な眉を八の字にして唸り声をあげていた。

目線の先を追ってみれば、いずれの服も黒っぽくてもっさりしている地味なものばかり。ある意味平折らしいといえば平折らしい。

「さすがにそれは地味過ぎないか？」

「あぅ……」

手に取ろうとしたものがあまりにアレな感じだったので、思わず口を挟んでしまった。なるほど、これは俺に協力を要請してくるわけだ。

じゃあどれがいいの？　と平折が目で訴えかけてくるが、こちらも苦手の分野。思わずたじろいでしまう。そしてそっと目を逸らした先にあるマネキンが目に入った。

「……」

「あーいや、平折、そのな……」

そのマネキンは華やかでいて可愛らしいデザインの服を着ていた。しかしそれは、襟回りがざっくりと開けられ胸元を強調するかのようなデザインでもあった。平折は涙目で頬を膨らまし、ペタペタと自分の胸を触る。思わず心の中でゴメンと謝ってしまった。

とはいうもののここまで来た以上、何もしないというわけにはいかない。

今の平折の姿を見てみる。閉じたブラウスの襟元にリボンもキッチリ締められ、品を損なわない程度に短くされたスカート。真面目で清楚なイメージ。

そして南條凜の勧めに従い、フィーリアさんとして現れた時の平折の装いを思い出してみる。今と同じく、あれも平折の大人しく清楚なイメージを引き立たせる格好だった。

なるほど、それは確かに平折の普段のイメージに沿ったものだろう。

だが俺は、今まで一緒にゲームで遊んできたフィーリアさんという側面を知っている。

天真爛漫でちょっと強引、だけど人懐っこくって周囲を引っ張っていく女の子。そのことを思い描きながら、とある服を手に取った。

重ね合わせれば、それはきっと似合うと思ったんだ。

「ええっ!?」

「似合うと思う……試してみてくれ」

「え?」

「なぁ、これなんてどうだ?」

驚く平折を試着室へと促す。多少強引だったかもしれない。だけど平折をフィーリアさんに

「〜〜〜っ」

「……ほう」

白を基調とした地に赤い花をあしらったノースリーブのカットソーに、幾重のひらひらがついた短い丈の水色のティアードスカート。どちらかと言えば可愛らしく、無邪気な感じのする出で立ちだ。……少し幼い感じはするが、それも小柄な平折にはよく似合っていた。

「うん、いいんじゃないか?」

「でもこれ、スカート、短い……」

「そうか、嫌なら他の――」

「――買います。せっかく……選んで……ったし……」

平折は悩んだようだったが、結局は赤い顔で購入を決めた。

俺は南條凜の驚く姿を想像し、くつくつと喉の奥を鳴らすのだった。

買い物を終えて、どこかホクホク顔の平折と帰路に着こうという時だった。

「あ、あの！　ちょっと、待ってて、くださぃ……」

「うん？　ほかに何かあるのか？」

「お、お手洗ぃ……っ」

平折は顔を真っ赤にして去っていく。どうやら俺はデリカシーが欠如していたようだった。気まずい顔で頭を掻く。降って湧いた空白の時間だ。手持ち無沙汰ではあるが、この間にやらなければいけないことがあった。

《吉田平折と最寄り駅で遭遇した。その頬が誰かにぶたれたかのように赤くなっていた》

南條凜への報告だ。

この件は俺の手に余る。彼女の協力が必要不可欠だろう。南條凜ならば快く手を貸してくれるに違いない。そう思いながら、俺と平折の関係性がバレないようにと頭を悩ましメッセージを打つ。少しだけ南條凜に対して不義理をしているようで罪悪感が頭をもたげる。だからだろうか、文面を考えるのに結構な時間がかかってしまった。

そして結構な時間がかかってしまったにもかかわらず、平折の戻りが遅い。

平折は人を待たせるよりかは、自分が待ったほうがいいと考えるところがある。ゲームのパーティ募集でもその傾向があるし、朝の髪などの手入れなどでも、いつも俺より早く起きているのがその証左だ。

――もしかして何か妙なことに巻き込まれているんじゃないか？

先ほどの赤い頬を思い出すと居ても立ってもいられなくなり、気付けば平折が向かったお手洗いへと足を運んでしまっていた。

「なぁ、いいだろ？　一緒に遊ぼうぜ。連絡先だけでもさ、な？」

「え……あっ……」

少し歩いたところでは、軽薄そうな金髪の男に強引に言い寄られている平折の姿があった。

その顔は怯え切っており、ここからでも肩が震えているのがわかる。

相手が誰だとか、そんなことを考えるよりも先に、身体が動いてしまっていた。

「おいっ！」

男を押し退けるようにして間に割って入る。背中に平折を庇い、感情を剝き出しにした顔でそいつを睨む。

「平折に何か用か？」

自分でも驚くほどの低い声が出ていた。

平折に恐怖を感じさせたという事実がどこまでも脳を沸騰させる。

「チッ、男連れかよ」

きっと俺は手負いの獣みたいな剣呑そうな顔と態度をしていたのだろう。男はほどなくして、悪態をついて去っていく。それよりも平折だ。

「大丈夫か？」

「え、ぁ、だいじょ……」

口とは裏腹に、平折は腰が抜けたようにへたり込む。思えば、つい先日まで平折は地味で目立たない女の子だった。それが急に見知らぬ男に言い寄られれば、驚きよりも恐怖の方が先に立ってもおかしくない。

「……仕方がないな」

「……ぇ、あの……」

「ほら、背に乗れって。歩けないんだろう？」

「あぅ……」

平折の前で屈（かが）んで背を向ける。背後からは戸惑う気配が感じられたが、やがて観念したのか、想像よりもはるかに軽い重みを感じた。そして俺は逃げ出すようにその場を後にした。

「「……」」

またも帰り道は無言だった。

いつもと違うところは、俺が苛立ちを隠せていないことだろうか？　それは誰に対してというわけじゃない、自分に対してだった。

「あ、あの、ごめんなさい……」

「……っ！　ちげぇよ」

そして平折に謝らせてしまって、余計にグッグッとした感情が腹の中で渦巻いている。

「わ、わたしが不注意でっ――」

「平折」

それは自分が情けないやら、申し訳ないやら、様々な感情が混じった言葉だった。

諭す、懇願、というのが一番近いかもしれない。どうしても平折に言いたいことがあった。

「もう少し自分が可愛いというのを自覚してくれ」

「ふぇっ⁉」

「わかってるのか、平折？」

「……ぁぅ」

返事の代わりに首に巻き付いた平折の腕が、ぎゅっと締め付けてきた。

イエスともノーとも取れる返答に、俺はまたもため息をつく。

もっと俺自身も変わらないとな……

8時間目 Play Time. 異変

「……ごちそうさま」

「平折？　まだ半分も食べてないじゃない」

席を立った平折は「ごめんなさい、食欲が……」と断りダイニングを後にする。その日、平折は夕食にほとんど手を付けていなかった。ただでさえ食が細いというのに心配になってしまう。弥詠子さんも心配そうに平折の背中を見送る。やはり頰の件が尾を引いているのだろうか？

「昴君、平折に何かあったのかしら？」

「……それは」

母親として気になるのは当然だろう。だが言い淀んでしまう。それに頰の赤みの件に関して平折は何もないと言っている。あれは状況証拠だし、実際のところは憶測でしかない。

「……」

「……」

弥詠子さんとの間に沈黙が流れる。それは俺への問い掛けだった。言い淀んでしまったことから何かを察したのだろう。問題はあるかもしれないが、まだ今は何も言えない。

——それに何かあれば俺が守ればいい。だから、大丈夫だと思いを込めて首を横に振った。

「……そぅ」

弥詠子さんは小さく呟き、目を細める。どうやら、とりあえずは俺を信頼して聞かないでいてくれるようだ。その微笑みはどこか平折のものと似ていた。

——〜〜〜♪

部屋に戻ると同時に、スマホが鳴りだした。

「ん……げっ！」

通話を告げる画面には南條凛の文字。

よくよく見てみれば、数分おきの着信と鬼のような数のメッセージが届いている。

「すまん！　今気付——」

『どういうことかしら？』

俺の言い訳を遮って、地獄の底から響いてくるような声が聞こえてきた。一瞬、南條だよな？　と疑ってしまうくらいの低い声である。もしこの声だけを聴かせたら、誰も南條凛だとわからないに違いない。それほどの怒気を孕んだ声だった。

「……最寄り駅でさ、吉田平折を見かけたんだ。そこで右頰が赤くなっているのに気付いて」

『見間違いとか勘違いでなく？』

「あぁ、間違いない。南條、誰がやったとかは……」

『わからないわね。正直やらかしそうな子の心当たりが多過ぎて……でも理由ならわかるわ』

「理由？」

『簡単に言えば「出る杭は打たれる」、よ』

なるほどな、と思った。

今までの平折と言えば地味で目立たない存在だった。それが一躍時の人。特に最近は、南條凜が平折にべったりしていると言える状況である。おそらく女子間でのカーストじみたものの変化から、そういう事態に至ったというのは想像に難くない。

――気に食わないと思う奴が出てくるのは当然か。だが……

「平手打ちだなんて、よほどのことがないとされないと思うのだが……」

『確かにそうね……そこまでされる理由があったのか、それとも突発的に何かのはずみでそうなったのか……それによってこちらの出方も変わってくるわ』

「……」

『……』

答えの出ない問題に、俺たちは無言になってしまう。スマホ越しに互いの、どうしたものかと思案する息遣いが聞こえてくる。何とも言えない沈黙だった。

『とりあえずこの問題は置いておきましょう。今考えても答えは出ないし。歯痒(はがゆ)いけれど』

「そう、だな……」

『あんたは…………』

「……南條？」

『いえ、今はいいわ。あたしの方でも調べておくし、倉井(くらい)も何かあったら教えなさいよ』

「すまん、助かる」

『別にあんたのためじゃないってーの』

「はは、それもそうだ」

とにかく、今はまだ情報が足りなかった。何をするにも身動きできない。それに今後は南條凜が目を光らせてくれるので、学校内でも滅多なことはないだろう。

それならば、俺は俺にできることをしていこう。

「よし、ゲームするか」

『このタイミングでそれ!?』

「？　あれ、変な流れだったか？」

『……はぁ、別にぃ』

今度は大きなため息が聞こえてくる。

平折の頰の件も気になるが、いつもの日常も大切だ。きっと今頃先にログインして待っているに違いない。通話を終えたスマホには、平折からメッセージが届いているのに気付く。

《今日こそは亀の素材が欲しいです。サンクさんもそのエリアに行けるようになりましたし》

そうだ、今は学校であった嫌なことを忘れるくらい、ゲームをしよう。

「はぁっ、はぁっ、はぁっ……」

早朝の住宅街に息の上がる声が広がっていき、随分と涼しくなった風が頰を撫でる。

夜明け間もない街並みは独特の静謐(せいひつ)さに包まれていた。ザッザッという自分の足音もよく響く。今はただ自分を変えるために何かをしたかった。それでランニングというのも安直だと思う。我ながら単純だ。

――まぁ健康にもいいしな。と呟き、自分の中にあった気恥ずかしさを荒い息と共に吐き出していく。

「ただいま」

隣の駅にある公園までの往復は、およそ30分ほどの距離だった。

へとへとになってしまうほどではないが、たっぷりと汗をかいてしまう。玄関の様子を見るに、既に弥詠子さんは出勤している。

とりあえず汗を流さないと。さすがに汗臭さを漂わせて登校する勇気は持ち合わせていない。

「……っ！」

「っと、使ってたのか」

シャワーを浴びようと洗面所の扉を開ければ、平折と鉢合わせしてしまった。

既に手入れの終わった艶（つや）のある髪を束ねて摑み、どこか思案顔。どうかしたのだろうかと思って見てみれば、所々アクセントにラインが入ったブレザーに、春先に見た時よりも丈が短くなった青のチェックのスカート。

――あぁ、冬服に変わったから、髪型も変えようと思ったのか？

しかしその割には表情に影があるように感じてしまう。

「平折」

「っ!?」

気付けば、そっと平折の右頬に手が伸びていた。

突然のことに驚いたのか平折はビクリと身体を固くさせ、その拍子にハラリと摑んでいた長い髪が背中に広がる。昨日何があったのかなんて知らない。だけど、これだけは言いたかった。

「その制服姿も、以前より似合っているぞ」

だから胸を張ってればいいと、頰を撫でた。

「…………」

「平折？」

「～～～っ‼」

「あっ」

いつになく顔を真っ赤にしたかと思うと、平折はトタトタトタと大きな音を立てて自分の部屋へと戻っていった。

「久しぶりに逃げられてしまったな……」

懐かしいような寂しいような、複雑な気分だった。

「はぁ……夏服も良かったけど、こっちもこっちで趣があるよな……」

「……そうだな」

最近の俺はと言えば、康寅のクラスに顔を出すのがすっかり習慣になっていた。

うっとりした康寅の視線の先を追いかければ、衣替えをした平折と、ニットのサマーベストからカーディガン姿になった南條凜がいる。相変わらず目立つ２人だった。

どうやら週末出掛ける買い物についての相談をしているようで、どこそこの店がコスパがいいだとか、一度覗いてみたい店がどうだとかいう話が聞こえてくる。

「でさ、珍しいものも置いてるみたいで――」

……さっきからどういうわけか。平折と話す南條凜と何度か視線が合うような気がする。

気のせいにするには頻度が高く、それに目配せすらしているようにも見える。南條凜は何かが気になっている様子だったが、それが何かという確証が持てないようだった。

昨日の件もある。そのことを念頭に置いて周囲の様子を窺っていく。そして一つの女子グループの様子が気にかかった。以前よく南條凜の周囲にいた女子のグループだ。

再び視線を戻す。こうして見てみれば、平折と南條凜は今や2人で一つのグループと言えた。以前一緒にいた子たちは、そこからあぶれた形だ。

平折と南條凜は美少女だ。以前と違いその2人が仲睦まじくしている間に割って入るには、相当な勇気がいるだろう。どうしたって平折と南條凜と比べられれば見劣りしてしまう。情けないことを言うが、俺も2人の間に割って入る度胸や自信はない。

だが――なるほど、これが原因の一つか。

当の本人である南條凜は、平折との会話に夢中なのか無自覚なのか、この状況に気付いていない。これはよくないな……。俺はスマホを取り出し、南條凜にメッセージを打つ。

「あたしは白いほうが好『～～♪』っと、ちょっとごめん」

「ううん」

スマホの画面を確認した南條凜は一瞬眉をひそめた後、俺と視線が合う。それを確認して、俺は例の女子グループへと視線を移す。南條凜はどこか納得したような顔だった。

《前によく一緒にいた奴ら》

メッセージで送ったのはそれだけだったが、どうやら俺の言いたいことは伝わったようだ。

南條凜が再び視線を元に戻せば、僅かに平折の眉が困ったように動く。……何かを察するには十分な表情だった。それを承知で南條凜は彼女たちのグループへ平折を伴って入っていく。

大胆な行動に驚いてしまうが、彼女が考えなしに平折を困らせることをするとは思えない。

「真理ちゃんは赤系のコーデに詳しかったよね？　いっぱい似合ってるの持ってたもの！」

「っ！　り、凜ちゃん……ええ、うん、そ、そうね……」

「恵ちゃんは確かレースのやつとか女の子らしいのが好きで色々持ってたよね！」

「……っ！　う、うん……」

不意打ちのように彼女たちに話しかけ、先ほどまでの自分たちの会話へと巻き込んでいく。

一人一人の好みを完全に把握しているのか相手を持ち上げるように話すので、話しかけられた方も嫌な気分ではなさそうだった。むしろ得意分野について尋ねられ、得意げになっている。

その場の空気はたちまち南條凜の色へと塗り替えられていく。まさにアイドルがライブを盛り上げていくかのような鮮やかな手際で、その凄さをありありと見せつけられてしまった。あれでいて腹の中でどんなことを考えているのやら。

――懐に取り込んだほうが、色々と監視しやすいとか思ってそうだな……

楽しげに談笑する南條凜の目はしかし、どこか獲物を狙う猛獣めいていて、そんなことを思ってしまった。

「そういや昴、知っているか？」

「何をだ？」

「坂口のこと」

「あのサッカー部の？　やたらモテるくせに女嫌いじゃないかとか言われている、あの？」

「なんでも吉田に告ろうとしてるんだってさ」

「………………へぇ」

自分でもなんとか返事ができたと思う。胸の中では台風のような感情が荒れ狂っていた。

サッカー部の坂口健太も有名人だ。

ストイックにただひたすら部活に打ち込む姿に、爽やかで甘いマスク。南條凜同様、女子を中心によく話題に上っている。が、今までそういった浮いた話は耳にしたことがない。

唐突な話に聞こえた。思わず眉をひそめてしまう。それに噂は噂だ。そのはずだ。

「あいつ相手じゃ勝ち目ねーかなー、くそっ！」

「……」

どちらかといえばこういう話に疎い康寅でも知っているとなると、女子の間では広く知られている噂だろう。昨日の平折の頰とは無関係だと、どうしても思えなかった。

昼休み。いつもの場所（非常階段）へと呼び出されて来てみれば、奇妙な踊りを見せられるはめになった。

「うふ、うふふふふ……」

「………………」

南條凜は恍惚（こうこつ）とした表情で、まるで神に捧げる祭器のごとくスマホを掲げていた。肩甲骨にかかる長さの、明るい髪をなびかせて、スラリとした足が覗くスカートをくるくる舞わせている。時折その中身が見えそうになり慌てて目を逸らす。……ガード緩くすんなよ。

その整った相貌はだらしなく緩み切っている。端的に言って美少女が台無しだった。

「……南條？」

「倉井……あたし、吉田さんと連絡先アドレス交換しちゃった♪　でへへへへ」

どうやら週末に行く買い物のために、連絡先を交換したことがよほど嬉しかったらしい。正直意外だった。普段あれだけ大勢に囲まれているのを見てきただけに、色んな人の連絡先はもちろん、平折のアドレスもとっくに知っているものだと思っていた。

「不思議そうな顔ね？」

「まぁな」

「あたし、極力連絡先は交換しないようにしてるのよ。これでも自分についての情報の価値は理解しているし、それに休日にまでアイツらと関わりたくないもの」

「……なるほどな」

不可解そうな顔をしていた俺に、わざわざご丁寧(ていねい)に説明してくれる。

確かに、もし男子で南條凜のアドレスを知っていれば一種のステータスになるだろう。そして誰かが知ってしまえば、そこから広まってしまう可能性も高くなる。顔が見えないだけに、相手の都合など考えず気軽に連絡を取ろうとする奴も多そうだ。迷惑メールのごとく四六時中アプローチをかけられるというのも容易に想像できる。

「あたしの番号を知っているのなんて、クライアント(両親)と友達を除いたらあんたくらいよ。感謝なさい?」

「へぇへぇ、ありがたいことで」

「……まぁいいわ。それよりもお礼を言っておくわ。ありがとう」

「お礼?」

こちらこそ色々世話になっていることだし、お礼こそすれ、されるいわれが思いつかず首を傾げてしまう。そんな俺を見て南條凜はくすくすと笑う。むぅ。

「さっきの教室でのことよ。あたしも最近周りが見えてなかったかも……おかげで色々手を打てそうだわ」

「そうかい、ならよかった。話はそれだけなのか?」

「いいえ、ちょっと気になることがあってね」

「気になることね」

やはりそれは平折関係――坂口健太についての話だろう。俺は彼に関して知っていることはほとんどない。話したこともないし、噂以上の情報は持っていない。

そしてよくよく南條凜を見てみれば、口ごもってどこか言いづらそうにしていた。何か良くない噂でも耳にしたのだろうか？

「あんたと吉田さんってさ、付き合ってんの？」

「…………………は？」

意を決して開かれた口からは、思いもよらない台詞が飛び出した。言われた質問の意味が理解できず立ち惚けてしまう。きっと間抜けな顔をしていたのだろう。

平折と仲良くなりたいと思う。

だけど今しがた言われるまで、付き合うとかそんなことは考えたこともなかった。

そんな俺の顔を見て、南條凜は顔を真っ赤にしたり慌てたり、色々忙しく表情を変える。

「ほ、ほら駅とか同じみたいだし、それにやたらあたしたちを気にかけてるというかなんていうか、てっきりそんな感じなのかって……どうもその顔を見るにそうじゃないみたいね。そっかぁ、てことはやっぱり彼女とか全く以て縁がなくて、女の子にモテない陰キャ野郎なんだ」

「ちょ、うるせーよ厚化粧！」

「なっ！　今は違うわよ！」

「じゃあ元厚化粧！」

早口で何かの言い訳をするかのように捲し立ててきた南條凜に軽口を叩き返す。

……何故かズキリと胸が痛む。思いもよらない質問だったからだろうか？

——俺と平折は義兄妹だ。

そのことを南條凜に話せば、色々納得してくれると思う。ここまで世話になっているのだから言うべきなのだろう。不義理をしている自覚はある。

しかし今は……この状況で告げれば余計に話が拗れそうな気がした。

「よし、潤いのない倉井の青春を憐れんで、このあたしがサービスしてやろう。うりうり～」

「おぃ、やめろ！　近ぇよ！」

「ちょ、ここで逃げる～？　初々しいを通り越してヘタレだわ、こいつ」

「勘弁してくれ。女子と接するのに慣れてないんだ」

揶揄うようにほっぺたをつつかれたので、びっくりして後ずさる。

南條凜は疑うことなく美少女だ。

そんな彼女にスキンシップなんてされてしまうと、健全な男子としては色々良からぬ反応をしてしまいそうになる。それは困る。当の南條凜はと言えば「へぇ」とか「ほぉ」とか言いながら、嬉しそうにニヤニヤしていた。何だか弱みを知られたみたいで、ちょっと悔しい。

「そ、それよりもだ！　坂口のことに関して何か耳に挟んでいるか？」

「坂口って……あの一部女子が騒いでる、あの？　噂は——」

「——っ⁉」

「（しっ！）」

その時ガチャリと、重い扉が開く音がした。幸いにして俺たちがいる場所とは違う下の階からだ。息を潜めていれば、こちらの姿が見つかることはない。

「あーったく、やってらんねー。吉田のやつマジむかつくんですけどー」

「急に色気づいちゃってさ。どーせ男だろ、男」

「てかもう坂口君に股開いたんじゃね？　ああいう奴に限って結構遊んでそうじゃん」

「それマジだったら最悪なんですけどー。私たちの坂口君があんな根暗に汚されたとか考えたくないんですけどー」

それは数人の女子のグループだった。中には聞き覚えのある声もある。どういう繋がりなのだろうか？　……いや、それよりも。

彼女たちの正体が誰かというよりも、平折に対する明け透けな悪意を直接聞かされ、脳が沸騰するくらい頭に血が上ってしまっている。何とか飛び出さない程度の冷静さを保っていられたのは、南條凜のお陰だった。その白魚のような指が青白くなるほどの力を入れて、俺の手を握りしめてきたからだ。

南條凜の顔を見てみれば、修羅を彷彿とさせる表情で必死に唇を噛んでいた。美人なだけあって迫力があり、かつてここで呟いた言葉が思い出される。

『おかげで陰じゃビッチ呼ばわり。まぁ珍しいことじゃないけどね』

ああ、そうだ。これはきっと、ずっと南條凜へと向けられ続けていた悪意と同種のものだ。その悪意が今、明確に平折へと向けられていた。自分が言われるのならまだいい。そんな意図が彼女からも感じられる。

反吐が出そうだった。平折の努力を、その勇気を知らず、ただ無責任にその結果を妬み悪しざまに罵る。南條凜も平折を悪く言われて許せないのは、同じ気持ちなのだろう。

「で、吉田のヤツに坂口君に関する協定のこと、ちゃんと教えてあげた？」

「髪とか気取ったままなのがちょっとね～」

「ん～みんなでじっくりお話ししてあげたから、身に染みてわかったんじゃない？」

「きゃはは、あの時の顔、録画しておけばよかったわ～、身の程を知ったんじゃない？」

「もしわかってないようだったら、もう一回お話しすればいいしね～♪」

「それでさ――」

――………

せいぜい、彼女たちがいたのは10分ほどだろうか？　聞くに堪えない会話を聞かされるというのは拷問に等しいのだと初めて知った。飛び出したかった。正直飛び出そうと思ったのは一度や二度じゃない。だけどそのたびに、南條凜に強く押しとどめられてしまった。

……それにきっと、飛び出したとしても、すっとぼけられるのが関の山だっただろう。彼女たちに何かを言う言葉を持たなかったし、根本的な解決に至らない。今はただ、相手のことを知るために息を潜めるしかない。それが悔しくて仕方がなかった。

「……」

「……」

俺と南條凜の間に沈黙が流れる。

胸の中では、互いに処理しきれない感情が暴れ狂っているというのがわかる。

「ふふっ」

「……南條？」

南條凜は冷ややかな笑みを浮かべ、スマホを弄っていた。一体何を……？

「ねぇ、倉井」

「……」

「あたしはね、こんなだから大なり小なり陰で叩かれてきたわ。ある程度慣れてるし、そういうものだと思ってる。……だけど吉田さんは、決して誰かを悪しざまに言ったことはないの」

「……あぁ」

一緒に住んでいるんだ。そんな誰かをどうこう言うより、自分のためにエネルギーを使う奴だということを知っている。だからこそ応援したくなる。

「徹底的に潰すわ。倉井、あんたも手伝ってくれるよね？」

「もちろんだ」

そう言って、俺たちは固い握手を交わす。

南條凜の顔には、頼もしさすら感じる獰猛な笑みが浮かんでいた。

「ん……くすっ」

「なんだよ、南條」

「なかなかいい顔するじゃないって、感心してたのよ」

「……そうかよ」

握手をしたまま、何故か南條凜に笑われた。そして俺の目をまじまじと上目遣いで覗き込んでくる。先ほどまでは平折のことで頭に血が上っていたので気にしてなかったのだが、よくよく考えれば南條凜と手を繋いでいるとも言える状況だ。そのことを意識してしまうと途端に気恥ずかしくなってしまい、慌てて手を離して目を逸らす。

「…………………てる」

「……南條？」

その拍子に南條凜が何かを呟いたようだったが、よく聞こえない。

南條凜本人も自分でびっくりしている様子だったので、詳しく聞くのも躊躇われてしまう。

ただ、何か納得したような顔が印象的だった。

「あんたは本当、おかしな奴ね」

「うん？　何だよ急に？」

そして告げられた言葉の声色は優しく、その見たこともない笑顔に、不覚にも自分の頬が熱くなるのを感じてしまった。


南條凜は平折の件に関しては独自に調べるという。具体的に誰がどういう意図で犯行に及んだのか、その詳しい情報が欲しいからだそうだ。俺も気になるが、なにぶん女子の間での出来事、俺にできることは少ないだろう。ここは南條凜に任せるしかない。

それよりも俺には気になることがあった。

坂口健太――サッカー部所属の同学年。

１８０㎝を超える長身に部活で鍛えられた引き締まった身体、爽やかな顔立ちでひたすら部活に打ち込む姿が女子に人気だという。更には成績も悪くない。どう見てもモテそうな人気者なのだが、今まで彼女がいたとか、そうした浮いた話の一つもない。

そんな彼が、どうして平折に好意を寄せているという噂が立ってるのか、疑問で仕方がなかった。

平折はどこの部活にも所属していないし、クラスも違う。そもそも接点がない。一目惚れという線もあるが、人物像を聞くにそれも可能性が低そうだ。

だが、火のない所に煙は立たぬ。何かしら噂になる理由があるはずだ。そう思い、午後の授業の休み時間の合間に坂口健太のクラスへと覗きに行った。

「なぁ坂口。今度の土曜、星女との合コン、来てくれよ～。頼むよ～」

「たまにはハメ外すのも必要だし、息抜きにさ」

「あはは、ごめん。僕はあまり興味ないし、その日は練習があるから」

様子を見た限り、噂通りの人物に思えた。それでもとしつこく誘う友人たちに、困った顔で断りを入れている。だからこそ余計に平折との繋がりがわからず、疑問が深まってしまう。

「っ！」

そんな時、ブルブルとマナーモードにしていたスマホが震えた。

《今日委員会があって、帰るのが少し遅れます》

平折からだった。動揺から慌てて返事を打つ。

《委員？》

《図書委員です。放課後30分ほど》

内容はそれだけだった。

先に帰れとも待っててほしいとも書いていない。おそらく俺の意思に任せるという旨だろう。

先日のナンパに今日の陰口……それらの心配がある今、先に帰るという選択肢なんて俺にはなかった。

放課後になった。

一応、隣のクラスに顔を出してみるが、既に平折も南條凜もその姿は見えない。

「昴、残念だったな。太陽も月も沈んでしまってるぞ」

「いや、そういうわけじゃ……」

「へへ、隠すなよ。それよかどっか寄って帰んね？」

「いや、今日は図書室で調べものするからいいや。康寅も来るか？」

康寅は「うげぇ」と変な声を出してそそくさと逃げ出す。俺はそれを苦笑と共に見送る。

図書室で調べものなんてない。ただ、平折の図書委員という言葉が頭に残っていたから出ただけである。初瀬谷(はせたに)駅で待つという選択肢もあった。事実、そちらのほうがショッピングモールもあるし時間潰しには合理的だ。

杞憂(きゆう)だと思う。南條凜だってついている。こんなの自己満足だ。だけど昼間に聞いた会話のせいで、どうしても素直に帰る気にはなれなかった。

図書室の人影はまばらで、せいぜい数人が静かに読書や勉強をしており静かなものである。調べものはないが、授業で出された課題はある。せっかくならそれで時間を潰せばいい。

《図書室で課題しとく》

行き違いになっては困ると思い、簡潔にそれだけを平折に送る。すると、すぐさまスマホが通知を伝えてきてびっくりしてしまう。

《倉井、次の土曜日空けておきなさい。あたしんちで作戦会議》

随分返事が早いと思えば、平折からでなく南條凜からだった。驚いたものの、こちらも簡潔に《わかった》とだけ返事をし、課題に取り掛かることにした。

あまり集中できたとは言えなかった。どうしても平折のことが気にかかる。それでも時間を確認すれば、時刻は30分近く進んでおり、課題も内容はともかくなりに片付いている。あまり捗ったとは言えないが、時間を潰すことはできたようだ。

「っ!?」

その時、窓の外に、校舎裏へと歩いていく最近見慣れつつある長い黒髪が見えた。それだけでなく、先ほどの休み時間に姿を確めたばかりの男子――坂口健太の姿も視認できる。

――何故？　どうして？　委員会は？

様々な疑問が脳裏に過ぎるが、考えるよりも早く身体は図書室を飛び出していた。2段飛ばしで階段を転がり落ちるかのように駆け降り、廊下は周囲を気にもせず全力疾走。バクバクと喧しい心臓は、果たして走っているせいなのか動揺のせいなのか。

「っ！」

「おっと！」

校舎裏への曲がり角、1人の男子生徒――追いかけている人物の片方である坂口健太とぶつかりかけた。

　その顔を目の前にすると、頭がカッと熱くなってしまう。

「おまっ！」

「すまない、急いでいるんだ！」

　大声を上げそうになるが、坂口健太の予想外の苛立ち交じりの怒声に、頭の中が一瞬で激情から困惑に塗り替えられてしまう。その瞳には義憤とも言える色があっただけに、ますます混乱してしまった。

　だが、それよりも今は平折だ。その場から再び駆け出し、先ほど見かけた地点へと向かう。

「平折っ！」

「……っ！」

　校舎裏の目立たない陰のところに、平折が俯きながら佇んでいた。俺が声をかけると、まるで怯えたかのようにピクリと反応する。明らかに普通でない様子だ。

　――一体何が……っ!?

　冷静を心がけてその姿を見てみるに、着衣の乱れや、ましてやどこか暴力を振るわれた形跡などない。最悪の状況ではないと安堵しつつも、なんともやりきれない思いに見舞われる。それらを追い払うかのように頭を振って、ゆっくりと平折に近づいていく。

「大丈夫か？」

「……はぃ」

「アイツに何かされたのか？」

「……それは、何もないです」

何でもないと力なく笑うその表情は、いつかの我慢を自分に強いている姿と重なってしまう。どういうわけか、先日ナンパされて怯えから腰を抜かしてしまった時の様子とも似ており、混乱は加速する。ただ先ほどすれ違った坂口健太の表情を鑑みるに、平折に何か無体なことをしたということは考えづらかった。噂通りの人物なら尚更だ。

しかしながら、俺には今の平折にかける言葉が見つからなかった。なんて言っていいかわからない。きっとこれは同性で気が利くやつに任せた方がいいだろう。

「平折、今南條を呼――」

「っ、待ってくださいっ！」

「――平折？」

普段と、そして今の状態からは考えられないような大声だった。

それだけでなく、どこかに行くなとばかりに俺の制服の裾を摑む。

「ひ、1人にしないで……」

そして振り絞るかのような声で呟く。

……言葉が出なかった。何て言っていいかわからなかった。振り向いて顔を覗けば、まるで何かに怯えているかのように見えてしまう。

「……そ、その、今の顔、見られたくないです……」

「あぁ……」

そうやって言葉を返し、背中を向けるのが精一杯だった。背後からは、いつか感じたのと同じ視線を感じる。

──あれ、これは……

だが、ぐるぐる考えが巡っている頭ではよく思い出せない。

そして相変わらず、かける言葉も見つからないままだったが……これだけは伝えたかった。

何て言っていいかわからないなりに、様々な感情を込める。

「……俺の前で我慢するなよ」

「〜〜〜〜っ!!」

同時に、ギュッと背中から平折が甘えるように抱き着いてきた。

その身体は小さく震えていて──大丈夫だぞという思いを込めて、腹に回された手を握る。

──随分小さいな。平折の手を包みながら、そんなことを思う。

勇気があって、努力をし、己を変えようとする女の子。眩しいとさえ感じたその子はしかし、今は迷子のように震えている。

平折の状態は尋常ではなかった。昨日頰を腫れさせていても何でもないと振る舞ってさえいたのに、一体どうしたというのだろうか？　何もできない自分に苛立ちが募る。

「……ごめんなさい」

「……平折？」

そして何故か、平折に謝られた。驚きと共に思わず振り返る。

「……」

「っ!?」

振り返ると、平折がうっすらとした笑みを浮かべていた。

どこか物悲しく感じる――いつかの、自分に我慢を強いる、俺の気に入らない愛想笑いと同じだった。そしてこの沈黙。ここにきて何も言ってくれないことに、どうしようもなく腹が立ってしまう。自分1人で抱えようとする平折と、頼られない不甲斐ない自分に。

きっと。

このままだと平折は、誰かに弱みをこれ以上見せることなく、我慢し続けるのだろう。今しがた俺の背中に抱き着いたことは、一時の気の迷いだったと過去へと葬り去られてしまうに違いない。もしこのまま俺と南條凜でこの件を解決したとしても――平折はこのままだ。

それがどうしようもなく許せなかった。

「平折、教えてくれ。何があったんだ？」

「……え？」

だから俺は一歩踏み出し、平折の目に訴えるかのように言った。

しかし平折の目は驚きと戸惑い、そしてほんの少しの拒絶に似た色に彩られている。……それがほんの少しショックだった。俺の勝手な思い込みかもしれない。嫌なことを思い出させて傷付けるかもしれない。それでも――今こそ平折の内側へと踏み込むべきだと思ってしまった。

「平折……」

「……っ！」

右頬の件や、さっきの坂口とのことだけじゃない。俺はまだ平折について知らないことだらけだ。

「俺はもっと平折のことが知りたいんだ」

「～～～っ!!」

何もかもとは言わない。せめて大事なことは、大変な時は、一緒に背負って悩みたかった。

ジッと、潤んで揺れる平折の瞳を見つめる。いきなりこんなことを言われて困っているのかもしれない。事実、平折は顔を赤くしながらあわあわと取り乱しているのがわかる。

「あう……その……えっと、わたし結構ドジなとこあるし……迷惑かけちゃう……」

「平折」

「こ、この間もから揚げ食べ過ぎてお腹壊しちゃったし……」

「平折？」

なんだか平折も混乱しているようだった。

本人もおかしなことを口走っている自覚があるのか、どんどん顔を真っ赤にしていく。大事な話をしているはずなのに、なんだか締まらない空気に苦笑が漏れてしまう。だけれども、それがどうしてかフィーリアさんとの姿と重なる。何だかそれが可笑しくって——だからこそ強く思うのだった。

「平折をもっと教えてくれ」

「ぁ……」

つらいことは溜め込まないようにと、ちゃんと話して——俺を頼ってくれと、その右頬に手を添える。俺の思い込みなのか、昨日打たれたその頬が熱いと感じてしまう。

「「……」」

今までにない沈黙だった。いつもと違う互いの思惑が交錯し、緊張感に溢れる沈黙だった。

平折は俺の目を覗くかのように見つめ、目を閉じる。きっと平折の中で迷いがあるのだろう。きっと、俺を巻き込んでいいかどうか考えているに違いない。

気遣いは嬉しいが、俺はとっくに覚悟を決めていた。

「平折……」

「……はぃ」

平折が両手を目の前で祈るかのように組み合わせる。

「誰が頬を叩いたか教えてくれ」

「…………………………ふぇ!?」

突如、平折がびっくりしたような、素っ頓狂な声を上げた。あれ？　何か反応が……

「え、あ、はい！　その、うちのクラスの子の他に……坂口君のクラスの女子たちに呼び出されて……わ、わたしはその坂口君とは関係ないし、相手の言ってることもよくわかんなかったので、はいはい、と頷いておけば解決するかなと思って黙っていただけで……っ！」

「さっき坂口と一緒だったのは……」

「え、えっと、なんかわたしがその子たちに坂口君絡みでイジメられたという噂を聞いて、本当かどうかって……あ、坂口君とは同じ図書委員で前から面識があって、それでさっき終わったついでにというかなんていうか……あぅぅ……」

「そ、そうか」

早口だった。こんなに慌てて話す平折を見るのは初めてだった。

それだけでなく、両の拳を握りしめ、ぐいぐいと力説するかのように迫ってくる。その普段の姿らしからぬ行動に圧倒されて、虚を衝かれてたじろいでしまう。

——ああ、でもそうか。

何となく、平折が叩かれた背景が見えてきたような気がした。平折の言葉と先ほどの坂口の態度……予想とそう遠くはないはずだ。……だけど、何かが引っかかった。

おそらく平折は全てを話していないと感じる。今はこれだけでいい。ほんの少しだけど……話してくれたことに意味があったんだ。

「平折」

「は、はぃ！」

「話してくれてありがとう」

「～～～ぁぅ……」

そうだ、これから少しずつ、何でも話してくれるようになればいい。

◇◇◇

その後、落ち着いた平折と家路に着く。初瀬谷の駅に着いても特に会話はない。

いつもの沈黙がそこにはあった。だけど俺の中はいつも通りではなかった。

『平折を教えてくれ』

そう言って頬に手を添えて見つめる……さすがに頭が冷えてくると、その行為がどれだけ際どいことをしていたのか気付いてしまう。俺の今の心境は羞恥にまみれ最悪だった。

「「……」」

隣を見れば平折がチラチラとこちらを窺っている。未だ真っ赤なままのその顔は、何かのタイミングを見計らうものだ。お互い何だか気まずい感じだった。何か言わないと——そんな思いに支配される。

「あのっ！」「えっと！」

2人の声が重なる。お互い顔を見合わせる。何か言わなければと考えていたのも一緒なのか、タイミングが重なった。なんだか可笑しくなって笑いが零（こぼ）れる。

ああ、そうだ。こういう時どうするか、今まで自然としてきたことがあった。

「ゲーム、しようか」

「……はぃ」

互いの笑い声が、暗くなった住宅街に響く。

いつもと違い、平折は背後ではなく右隣にいた。

その日のフィーリアさんはやたらとはしゃいでいた。

『どうよこのミニスカバトルメイド！　いやーこのナイフとか差せるレッグホルスターがたまんないよね！　あと胸元開き過ぎ、うはっ！』

やたらと胸が強調されたスカート丈の短いメイド服っぽい衣装を着ており、聞いてもいないのにこだわりポイントを教えてくる。そのテンションの勢いは止（とど）まるところを知らず、自分だけでなくサンクの方にまでも衣装着せ替えの魔の手を伸ばしていた。

『うんうん、やっぱ似合う！　クライス君もそう思うよね？』

『えっへん、です！』

『あ、あぁ……』

こちらは黒地にところどころ赤いアクセントが入った豪華なドレス――いわゆるゴスロリドレスを着せられていた。中性的な顔立ちもあって非常に似合っているのだが……男キャラだよな？　南條凜的にその男の娘路線でいいのだろうか？　きっかけはどうあれ、サンクはフィーリアさんのテンションに負けず、きゃいきゃいとアバターコーデについて盛り上がっている。

――この調子なら、週末の買い物も上手くいきそうだな。

色々と平折の頬の件で心がささくれ立っていたが、目の前の仲のいい2人を見ていると、その棘が取れていくのがわかる。

『クライス君は、コーデ、しないです？』

『いや、俺は……』

『わたしも前々から言ってるんだけどねー』

俺はゲームでは見た目よりも、装備の能力値や実績の方を重要視している。

平折もそれは承知しているし、いつもならここで引き下がるのだが……まるで自分のことを吐露するかのように呟いた。

『見た目も変わるとね、気持ちも変われるよ』

その言葉は否定できなかった。

事実、平折はその見た目を変えてから、徐々に色々と歩み出している。もしかしたら平折はこれまでも、フィーリアさん(別の誰か)になることによって、気分を切り替えていたのかもしれない。

『着る服によって、気分とか、色々変わる、です』

サンクの言葉にも説得力があった。

『そうだな、ちょっと考えてみるか』

『おぉ～、です！』

『ふぇっ!?』

自分を変えようとするなら、今までと違ったことに挑戦するのもいいかもしれない。

——平折を見習ってな。

だというのに、いつも言っている平折本人が驚いている様子だった。

『今すぐじゃないぞ、おいおいだ』

『う、うん……あ、それよりも！　私とサンク君には足りないものがあります！』

『足りないもの？』

『わかんないかなぁ？』

隣を見れば、サンクもコクコクと頷いていた。目の前にはミニスカ戦闘メイドのケモ耳っ娘(コ)に、ゴスロリ姿の男の娘(コ)。考えても何が足りないかわからず、首を傾げてしまう。

『もぉ～、ヘッドドレスだよ、ヘッドドレス！』

『ヘッドドレス？』

『頭に着ける、ヒラヒラしたやつ、です』

あぁ、なるほど。確かに2人は頭に何も着けていない。

イラストとかで見るメイドやゴスロリにはそういうものがあったっけ。

『とにかく！　今日はそれを作る素材を採りに行きたいと思います！』


その後、ゲーム内で延々と素材集めを手伝わされた。たっぷりと2時間半はぶっ続けだったと思う。素材を集め切ったところで、へとへとになってお開きとなった。

俺がログアウトしたと同時に平折の部屋の扉が開く音がした。階段を降りる音が聞こえたので、おそらく風呂場に向かったのだろう。それを確認した後、俺は南條凜に電話をかけた。

「もしもし、南條か――」

『ちょっと、さっきのにょろにょろ何なのよ!?　きー、悔しいーっ!!』

「な、南條……？」

先ほどのにょろにょろとは、ゲーム内で戦った蛇神のことだ。様々なギミックと特殊能力があり、初見殺しとしてよく知られている。

南條凜はまだまだ初心者だ。見事にそれらに引っかかり、床掃除に励むはめになった。それをフィーリアさんと一緒にニヤニヤしながら眺めていたりもしていたわけだが……

『まったくいい性格だわ、2人とも！』

「はは、悪かったって」

ぷりぷりと声を荒らげながら『あのギミックは意地が悪い！』『何も知らないとクリア無理！』と文句を言うものの、なんだかんだで楽しそうに話すので俺も釣られて笑ってしまう。

『それで？　あたしにわざわざ電話って何さ？』

「あぁ、それが――」

帰り際、平折から聞いた情報を話していく。途中何度も『は？　それマジで？』『そのバカども、あたしの吉田さんに手をあげちゃってんの？』『ふぅん、命の大切さを知らないいんだ？』などと苛立ちを隠そうともせず、物騒な相槌を打っていく。

一通り話し終えた頃には興奮の熱も下がったのか、俺たちの間に沈黙が訪れていた。

『……』

「……」

お互い情報を元にどうすればいいか考えていた。

恐らく坂口健太は白だろう。口実にされただけなのかもしれない。今後彼がどう動くかわからない。しかし、平折が何か迷惑を被るようなことはしないだろう。問題は坂口のクラスの女子なのだが……

『ま、そこまでわかればその女子たちを調べ上げるのに苦労しないわ。ええ、事前情報が如何に大切かついさっき思い知らされたばかりだもの』

「ははっ、そうだな」

そう言って南條凜は凄みのある声で笑う。何か俺の手が必要になれば言ってくれるに違いない。それほど彼女に対する信頼感があった。

『でさ、話は変わるけど……うーん……』

「ん、なんだ？」

その南條凜が何か言いづらそうに口ごもる。もはや俺たちは共に平折のために動く同志だった。ここにきて何か遠慮することがあるのかと、首を傾げてしまう。

『この前あんたが言ってた昔イジメに遭ってた子って……フィーリアさん？』

「――――っ」

だが告げられた言葉に一瞬、思考が固まってしまった。

何故それを？　どうしてこのタイミングで？　それより何でわかった？　色々と思うところはある。だが南條凜は聡明な少女だ。これまでの流れでわかったとしてもおかしくはない。

『ごめん、野暮なこと聞いたわ。今言ったことは忘れて……おやすみなさい』

「…………ごめん」

ようやく動き出した口が絞り出したのは、そんな言葉だった。

通話はとっくに切れており、届いたかどうかはわからない。

ベッドに腰掛けて暗くなった画面のスマホを手に、後ろめたさが募っていく。

――～～～♪

「っ⁉」

そんなことを考えていたらスマホが鳴った。驚きと躊躇(ためら)いから出るのが一拍遅れる。

『あ、あの！』

「……平折？」

かけてきたのは平折だった。もうお風呂から上がったのだろうか？　何故わざわざ電話を？

『今時間、大丈夫……です、か？』

「あ、あぁ」

一体どういうことか思って返事をすれば、ほどなくしてコンコンと控えめに俺の部屋のドアがノックされた。

「開いて……る……ぞ……」

「～っ」

部屋へと入ってきた平折は、初めて見る格好だった。

白地に赤い花をあしらったカットソーに、水色のティアードスカート。髪は耳のあたりで左右2つに結わえ、幼さの残る無邪気さと、楚々とした大人が同居する妖(あや)しげな魅力に溢れている。それはどことなくフィーリアさんを髣髴とさせる姿である。

「い、一番最初に見せたくて……」

「あ……」

先日一緒に買った服だった。髪型も服に合わせたのか、非常によく似合っている。

──女の子って、服一つでこうまで印象が変わるのか。

初めてフィーリアさんとして平折に会った時も衝撃だったけれど、目の前の平折はそれにも勝るとも劣らない衝撃だった。そのせいか俺は何と言っていいかわからず……馬鹿みたいにあんぐりと口を開けて惚けてしまう。

どこか不安げな様子の平折はとてとてと俺の前まで来ると、あろうことかベッドの隣に腰掛けた。その距離は非常に近い。風呂上がりの肌は微かに上気しており、洗い立ての髪から漂うシャンプーの香りが鼻腔をくすぐる。それで平折を異性として強く意識させられてしまい、その、色々と困る。

「ど、どうしたんだ？」

「あの、南條さんとの買い物……」

「それが？」

「私、大丈夫かなって……」

そう言って、自信なさげにまつ毛を伏せる。

あぁ、そうか。南條凜はとびっきりの美少女だ。周囲に知り合いもいない状況で2人っきりで会う……気後れして当然だ。それは学校で平折と南條凜の間に入れない、他の女子の気持ちとそう変わらないのかもしれない。つまるところ、平折は自分に自信が持てていなかった。

「……似合ってる……可愛いよ」

「ふぇっ!?」

「南條の隣にいても見劣りしないくらいだ……胸を、張れよ」

「あぅ……」

告げる言葉はぶっきらぼうだった。気恥ずかしくて目も逸らしている。

だけど俺は自信を持てと乱暴に平折の頭を撫でた。せっかくの髪が乱れるのにもかかわらず、どこか平折は嬉しそうだった。

「平折……」

「んっ……」

そして、俺に甘えるかのように頭をすり寄せてくる。

信頼して身体を預けてくる平折を見て、ふと——

『平折のいいお義兄ちゃんになってくれてありがとう』

弥詠子さんの言葉がよみがえり……胸を締めつけられた。

9時間目 Play Time. 人形と涙

数日が経った。土曜日になり平折と南條凜の買い物の日は明日に迫っている。

あれから特に平折に対しての動きはなく、一見平穏だ。

「はぁ、もうすぐ中間テストか……」

「実力テストの時みたいに補習は回避しないと……」

「そろそろ進路にも響いてくるし、本腰入れないとヤバくね？」

教室では、あちらこちらから中間テストに対する話題が上るようになっている。それは隣のクラスでも同じだった。

「凜ちゃん、中間の勉強始めてる？」

「わたし英語ちょっとヤバいんだけど……」

「今度勉強会でも開かない？」

「あはは、近づいたらどこかのファミレスでも行く？」

先日までと違い南條凜は平折とべったりというわけでもなく、以前までのようにグループで行動することが多くなっていた。もちろん平折も一緒だ。おかげで、平折に対する防波堤にもなっていた。

「吉田さんはどう？　進めてる？」

「その、暗記物を少しだけ……」

そして平折は、今までのように聞き役に徹することは許されていなかった。積極的に話しかけてくる女子が多い。それも当然か。平折は今や南條凜に比肩しうるほどの美少女だ。彼女たちの世界では、平折と仲良くしていると有利に働くのだろう。……何だか釈然とはしないが。とにかく、傍目には平折が話しかけられる機会が増えたくらいで、以前に戻ったようにも見える。だが事情を知っていれば、以前とは違う部分も確認できた。

「……チッ」

それは明らかに平折に対する好意的ではない視線だった。

――確か織田真理、だったか。

かつて非常階段で南條凜に告白した男子を好きだったという子だ。以前は南條凜のグループにいた子で――そして、平折に平手打ちをした実行犯。南條凜がそれらを突き止めた今、明らかに織田真理は冷遇されていた。周囲もそれを感じ取っているのか彼女に近づく者はいない。孤立しているのは自業自得だ。俺も同情はしない。

織田真理は忌々しそうに平折を睨みつけると、教室を飛び出していった。

南條凜と目が合う。どうやら泳がせておけということらしい。

「はぁ……大輪の花を彩るにはカスミソウのような地味な花があってこそ映える……そう思わないか、昴？」

「康寅、お前もの凄いこと言ってるぞ。女子を敵に回す気か？」

ちょっとした変化があったものの、康寅の態度は相変わらずだった。かなり際どいことを言っているが、そのいつもとブレない態度に、ちょっとだけ安心感を覚えてしまったのは秘密だ。

――これ以上大きなことが起きなければいいんだけどな。

康寅と一緒に平折たちを眺めながら、そんなことを思う。

「それより坂口の噂、聞いたか？　あいつマジっぽいよなぁ」

「あぁ……」

懸念事項は織田真理の動向だけじゃなかった。

どうやら坂口健太はこの数日、積極的に平折の話を聞いて回っているらしい。噂に上ってくる内容を聞くに、どうやら正義感故の行動のようにも見える。おそらく平折の右頬の件について、独自に情報を集めているると思われるのだが……なんだか嫌な予感が拭えなかった。

まだ太陽は中天にあるが、俺と平折は帰宅の途に着いていた。

俺たちの学校は、一応私立の進学校だ。土曜日は休みではないが、午前で授業は終わる。

当然ながらお昼がまだなので、帰りにコンビニに寄った。ちなみに買ったのはから揚げだ。コラボアバターのために。俺もちょくちょく食べ進めている。

帰り道、一足先に摘み食いをしていると、平折の視線がから揚げに注がれていることに気付く。どういうことかと視線で問えば驚いたような、困ったような顔でおずおずと切り出した。

「あ、あの。手伝い……いります？」

「……あー、うん。いや、急いで欲しいわけじゃないし、いいよ」

「そ、そうですか……」

「またお腹壊されると困るしな」

「っ！　お、おなかっ……そのっ、あれは……あぅぅ……」

「ははっ」

「〜〜っ！」

そうやって揶揄い笑いを零せば、平折は拗ねた顔でそっぽを向くのだった。

「ごちそうさま」

「……ごちそうさま」

昼食を終えたダイニングテーブルの上には、から揚げとカップ麺の空容器。

ちなみに平折は、激辛で有名な店と共同開発したタンメンのやつを食べていた。想像以上に辛かったのか、さっきからずぅっとふぅふぅしながら水の入ったコップを手放せていない。

……それにしてもテーブルの上はあまり健康的とは言えない惨状だった。両親の都合上、夕飯を各自で用意することは結構な頻度である。前回一緒にカレーを食べたのも記憶に新しい。

今後の食生活を考えると、レパートリーを増やしてもいいかもしれない。

「ちょっと本屋に料理本でも見に行ってくる」

「ふ、ふぇ……は、はひっ」

平折は未だに涙目だった。唇が少し赤くなっているのが、なんだか平折らしくて可笑しい。

そうして俺は手早く着替えて家を出た。自然な感じで出られたと思う。本屋に行こうと思ったのも本当だ。だが本日は、南條凜と作戦会議をしようと指定された日でもあった。

別にやましいことは何もないんだが……何となく、平折に悪いことをしている気がした。

《今家を出た。40分から50分ほどで着くと思う》

簡潔にメッセージを送り、南條凜の家を目指す。帰ってきたばかりだというのに学校方面の電車に乗るのが何だか不思議な感じだ。

電車の接続が良く、思ったよりも早く着いた。南條凜からの返事は未だなかったが、もし何かの用事でいなかったら本屋に寄ればいい。駅前では部活帰りと思われる制服姿をチラホラと見かけ、なるべく彼らに見られないようにと心がけて、やたら目立つタワーマンションを目指す。

――まるで秘密の逢瀬だな。

色気も何もないというのに、ふとそんな言葉が脳裏を過ぎり苦笑する。

だからだろうか？　それを向こうから気付かれることなく見ることができたのは幸運であり、皮肉としか言いようがなかったと思う。

「凛、私としては成績さえ良ければ細かいことはお前の裁量に任せている。南條の娘だということを忘れずに、私たちに恥をかかせることのないよう振る舞ってくれ」

「凛、あなたの私生活はあなた自身に一任していますが、南條家の者ということを忘れないで頂戴ね」

「はい……お父様、お母様」

タワーマンションの前には、一組の親子がいた。

俺から見てもわかる仕立ての良さそうなスーツに身を包んだ壮年の男女と、制服姿の南條凛。親子の会話であるにもかかわらず、明らかに剣呑さを感じる冷たい空気を孕んでいる。

そう、感じ取ってしまった。何より南條凛が――普段の明るさや華やかさなど微塵も感じ取れない、虚ろで生気のない目で薄く微笑んでいる。

――人形。

そこにいたのは、南條凛に似た人形めいた空っぽな何かだった。その姿を見て、まるで後頭部を殴られたような衝撃を受けてしまう。

「ではな、凜」

「迷惑はかけないようにね、凜」

「はい」

南條凜の両親は、学業やスポーツの成績の維持、学校内での教師への高評価を心掛けるようにと告げて去っていく。それはまるで南條凜という人形のメンテナンスをしているかのようにさえ見える。素人目にも高級車とわかるそれを見送った南條凜は、魂が抜けたような表情でその場に立ち尽くしていた。

見てはいけないものを見てしまった気がした。なんて声をかけていいかわからない。

「……倉井？」

「……悪い」

身を隠すようにといっても、所詮は住宅街だ。かくれんぼにもなっていない。だから南條凜が俺を見つけるのはさほど難しいことじゃない。故意ではなかったとはいえ、覗き見する形になってしまったのは事実だ。素直に謝る。

「つまんないもの、見せちゃったわね……」

「……南條っ！」

いつもなら『デリカシーがないわね！』と憎まれ口の一つでも叩くところだ。だというのに南條凜は申し訳なさそうに、何かを我慢するかのように力なく笑う。それはかつて自分に我慢を強いる平折の姿と重なり、そして初めてゲームで出会った時のサンクと同じ陰鬱で孤独感を漂わせていた迷子のような姿とも重なった。

「……」

「……」

お互い無言だった。今までにない気まずさだった。俺たちを見下ろす無機質なタワーマンションが影を落とす。それが余計に、この場の空気を重くしている。

「ここじゃなんだし、家に来て」

「……わかった」

そう言って南條凜は制服のスカートを翻し、幽鬼のような足取りで入り口へと向かっていく。まるでそれはショーケースに自ら戻る自動人形じみており、その背中に何て言葉をかけていいかわからない。

「入って」

「……お邪魔します」

南條凜の家に来るのは3回目だった。

だというのに、前回とは違う感じがする。なんとなくだけど温かみを感じるような……しかし目の前の彼女とは真逆の雰囲気で、どういうことかと困惑してしまう。

前と同じようにリビングに通された時、その原因らしきものが目に飛び込んできた。

大皿に飾りのように盛りつけられたパウンドケーキにクッキー、それになみなみと紅茶が注がれたままのティーカップ。……どういうことか大体予想がついてしまった。

「今日ね、両親が来てたの……って、さっき見られちゃってたわね」

「あぁ」

チラリとキッチンの方を見てみれば、まだ片付けられていないケーキナイフとパウンドケーキの型がある。おそらくクッキーも手作りなんだろう。紅茶ですら口もつけられていないところを見るに、彼女の歪な親子関係が一目瞭然だった。

「さ！　んじゃ作戦会議始めましょうか！」

打って変わり、努めて明るい声を上げる南條凜が見ていて痛々しい。まるでいつものことだと言いたげな表情だ。だけどさっきの表情からしてショックを受けていないハズがない。

目の前の冷めた紅茶を見ていると、何とももどかしい気持ちになってくる。

「なぁ、実は昼飯まだなんだ。これ、食っていいか？」

「え？」

返事を待たず、パウンドケーキに手を伸ばして頬張った。

しっとりふんわりした食感に、角切りにされたりんごとレーズンの甘みが口の中に広がる。

ほんのりと温かいそれは、満腹にもかかわらずいくらでも食べられそうなほど美味しかった。

クッキーも砕かれたチョコが入っており、手が込んでいるのがよくわかる。

「紅茶ももらうぞ」

「……もぅ、勝手に」

南條凜はいきなり無遠慮に食べ始めた俺を見て、呆れた顔でため息をつく。

しかしこれは今、彼女の目の前に置いてあってはいけないものだ。

「……」

「……」

そしてただただ無言でお茶とお菓子を口に運ぶ。とっくに満腹だというのに、無理やりにでも詰め込んでいく。正直、ちょっときつい。だが目の前のそれらが減るとともに、少しだけ南條凜の様子が普段の調子に戻っていくようにも感じ、手を止めるわけにはいかなかった。

何だか不思議な空気が流れていた。ふと隣を見れば、手を固く握りしめた南條凜と目が合う。うっすらと笑みを浮かべようとしているが、その表情は暗い。

「……あんたは何も聞かないのね」

「聞いてほしいのか？」

「ふふっ、どうなのかしら……そうなのかも……」

どこか自嘲気味にため息を零す。南條凜には恩がある。力を貸せるものならいくらでも貸したいと思う。だけどさすがに家族の問題ともなれば、聞くことしかできない。そもそも俺は、自分の家族（平折）のことでさえ上手（うま）くやれているとはいえない。

「……あたしね、実は両親と一緒に過ごしたって記憶があまりないんだ……幼い頃の世話はお手伝いさんだったしね」

「……それは」

ぽつぽつと、何か事務的なことを確認するかのように呟き始める。その声はいつになく陰に籠もり力がない。

「あたしに求められるのは、ただただ自分たちにとって都合のいい娘。事業の足かせにならず、対外的に利益になるような娘であることだけ……あぁ、でもその分お金は相当な額を投資してくれているわ。それは今もね」

「ブラックカードか」

「あたしはただ、普通に……ねぇ、倉井っ！」

「南じ……えっ!?」

一瞬の出来事だった。自分でも何をされたかわからない。気付けば俺は、ソファの上に仰向けで押し倒されていた。そういえば合気道黒帯だって言ってたっけ？

困惑（いじ）する俺に、南條凜が乗っかってくる。妖（あや）しげな笑みを浮かべ、たどたどしくも艶（なま）めかしく胸を弄る。ゾクゾクと背筋に甘いような痺（しび）れが走り、状況の理解の困難さに拍車をかける。

「ね、倉井はあたしのこと、嫌い？」

「それは……ッ」

そんなことを、耳元で甘く囁く。卑怯な質問だと思った。

どうしてこんな質問をするかわからない。耳元にかかる吐息が、俺の男としての本能を刺激し理性を溶かす。煽情的に胸元で蠢く指が、俺の劣情を誘っていく。

嫌いなはずがない、恩人だとさえ思っている。

あまりにも突拍子もなく現実味もない展開に、逆に妙に冷静になっていく。よくよく目の前の南條凜を観察してみれば、身体は固いし動きもぎこちない。どう見てもこういうことに慣れてはいないし、無理をしているのがわかる。その表情はやけっぱちとさえ思えた。

「ね、もしここであたしの商品価値を貶めたら、お父さんたち、なんて――」

「――阿呆か！」

「痛っ！　何すん……の……よ……」

「南條……ッ！」

だから、やたらと腹が立ってしまった。

思わず相手が女の子とかそういうことどうでもよく、思いっきりげんこつをかましてしまう。力が入り過ぎたせいか、南條凜は目に涙を浮かべている。

両親への当てつけか？　ただの自棄か？　それとも鬱憤晴らし？　言いたいことは色々ある。

恐らく、彼女としても突発的にやってしまったことなのだろう。俺も……俺も片親だったので、少しだけ気持ちがわからなくもない。だけど、どうしても言いたいことがあった。

「なぁ、南條。お前さ、平折と友達になったんだろう？　違うのか？　辛いこととかさ、平折に相談できないのかよ？　……それに俺だってさ、愚痴を聞くことくらいならできるしさ……」

「倉井……」

腹が立つと同時に、悲しかった。

大切なことを誰かに言えない彼女が、平折を信じ切れていない南條凛が、自分にとってはそんなものだと言われているようで、悲しかった。

「俺を……俺たちをバカにするなよ……」

「……ごめん。うん、ごめん。あたしバカだ。うん、バカをしちゃった。お願い忘れて、今の」

多分、俺も涙目だった。きっとひどい顔になっているに違いない。

「……今日は何もなかった」

「……ありがと」

そう言ってシュンとした南條凛は、のろのろと居住まいを正す。よくよく見ればスカートもかなり際どいところまで捲れている。冷静になって見てみれば物凄い格好だ。思わず目を逸らす。もし康寅か誰かにでも見られたら、殺されても文句を言えないかもしれない状況だ。

あまりに刺激的な光景だったので、頭を無意味にガシガシと掻き毟る。

「……くすっ」

「……なんだよ」

そんな俺を見て、南條凜はいつもの悪戯っぽい顔で笑う。少しだけ、ホッとしたような気分になった。

「なぁに？　もしかして、実はちょっと惜しかったーなんて思ってんの？」

「うるせーよ……頼まれても手は出さねーって、前の時にも言っただろう？」

「くっ、……あはっ、あはははははっ！　そうだった！　そうだったわよね！」

「……そうだよ」

南條凜の心底可笑しそうな笑い声が、陰鬱だった部屋の空気を吹き飛ばしていく。その顔にもう陰りはなく、何かを吹っ切れたかのように清々しかった。

「あんた、やっぱり変わってるわね」

「……そうかい」

「ね、一つお願いがあるんだけど」

「無茶なのはやめてくれよ」

そう言って先ほどとは違う、今までにない真剣な表情になる。雰囲気に呑み込まれ、思わずこちらも背筋を伸ばす。

「凜って呼んでくれないかな？　南條って名前、嫌いなんだ……」

「わかったよ、南じ――凜」

「うんっ！」

それはあまりに無邪気で――初めて見る本物の笑顔だった。

「っ！」

不覚にも初めて南條凜のことを、可愛いなんて思い知らされてしまった。

◇◇◇

南條……凜の家で色々あって、頭の中をすぐに切り替えられるほど、俺は器用じゃない。

少し頭の中の整理も兼ねて、平折に告げた当初の予定通り本屋に寄る。そこには、最近人気のグラビアアイドルだかのポスターが張られ、写真集が大々的に売り出されていた。

――平折や南條凜も、負けていないよな？

そんなことを思いながら、料理レシピ本のコーナーに向かい、いくつかを見繕（みつくろ）った。


「ただいま」

すっかり日が傾き始めた玄関は、既に薄暗かった。人気（ひとけ）のない家はどこにも明かりが点（つ）いておらず、少し物悲しい感じがする。

――平折も弥詠子（やえこ）さんもいないのか？　そして自分の部屋へと向かい――我が目を疑った。

「……え？」

「すぅ……すぅ……」

どうしたわけか、ベッドの上は平折に占拠されていた。俺の枕を抱きかかえるようにし、無防備な姿を晒して眠っている。際どい姿だ。ノースリーブの肩口からは下着のストラップが見えているし、スカートも相当捲れてしまい太ももの付け根を見せている。

その格好は、以前一緒に買いに行った時に選んだ服装で、はっきり言って目の毒だった。時折身動ぎしながら、「ん～」と安心しきっているかのような声を零す。

何故？　どうして？

そんな疑問が湧き起こるが、自分のためにも早く起きてほしくて、平折を揺さぶろうとした。

「おい、起きろ平お……り……」

「んっ……」

だが、その手も目尻の端に残る涙の跡が押し留めさせてしまう。

一体何が……目の前の状況に理解が、なにより感情の処理が追いつかない。

「……」

「……んぅ」

平折の寝息は規則正しく、眠りの深さが窺える。――平折も寝顔を見られるのも嫌だろう。かろうじてその考えに至り、頭を振り、そして強めに肩を揺さぶった。

「平折、起きろ」

「……ん……すぅくん……？」

平折がうっすらと目を開ける。焦点の合わない瞳はトロンとしており、如何にも寝惚けていますと物語っている。

「ひお……え？」

「ん～～～っ」

それは完全に不意打ちだった。

寝転がったままの平折から腕が伸びてきたかと思うと、そのまま首に絡みついてぎゅうっと抱き寄せられる。俺は思いもよらない行動に反応することができず、されるがままに先ほどの枕と役目を交代してしまう。

「おい、ちょっ、平折っ」

「うにゅう……」

慌てる俺など知ったことかと、身体を密着させては俺の頭に頬を寄せ、随分と機嫌の良さそうな声を上げた。

頭に血が上るのは一瞬だった。

頬にかかる吐息とか、首に回された手の感触だとか、慎ましいけれどそれでもちゃんと柔らかい双丘だとか、様々なことが脳裏に浮かんでは消えていく。自分の心臓はこのまま破裂してしまうのかというくらい高鳴っている。だというのに、抱きかかえられた場所から聞こえる平折の心臓が凪（なぎ）のように穏やかな鼓動のリズムを刻んでいるのが、少し憎らしい。

平折は義妹（いもうと）だ。だがその前に、血の繋がらない1人の女の子だ。この体勢はそのことを強く、そして一気に意識させられ、本能に支配された腕がピクリと動く。

「やっぱり……すぅくんだと……大丈夫……」

「――っ」

だがうわ言のように呟かれたその言葉が、この手を押し止めさせる。平折の顔を覗いてみれば、うっすらと目尻に涙が溢れ出していた。それは、どうにもならないことに対して甘えようとしている、1人の女の子の姿だった。

急速に頭が冷やされていく。首に回されていた腕をゆっくりと外すと、代わりに枕を抱き着かせる。意識は冷えているというのに、胸には燃え広がった熱が残ったままだ。

「くそっ！」

「――っ!?」

その炎を鎮めるため、パチンと大きな音が鳴るほど自分の頬を叩き、風呂場へと向かった。

ザアァァァァ、と頭から冷たいシャワーを浴びて、先ほどの平折の言葉を思い出す。

「すぅくん、か……」

それは俺の幼い頃の随分と懐かしい呼び名だった。あまり呼ばれた記憶はないが、当時わずかだが周囲の仲の良かった子には、そう呼ばれていた記憶がある。

——なぜ平折がその呼び名を……？

平折と出会ったのは中学に上がる前の年だ。その頃にはそう呼ばれていた記憶はない。ただの偶然か？　それとも昔、俺は平折と出会っていた？　わからない。だけど、それよりも気になる言葉もあった。

『やっぱり……すぅくんだと……大丈夫……』

一体、どういうことだろうか？　ふと、先日のショッピングモールでナンパされていた時や、坂口健太に呼び出された時の平折の状態を思い出す。ナンパの時はこういうことに慣れていないから、驚いて腰を抜かしたのだと思っていた。だが坂口健太の件に関してはどうだ？　彼の性格的に何か強引に平折に迫るというまねはしないと思う。

おそらく、平折は男性に対して極度な苦手意識をもっている。その原因に一つ思い当たるとすれば、平折の本当の父親なのだが……そこまで考えて、頭を振ってシャワーを止めた。俺のやるべきことは詮索じゃない。いずれ平折本人が話してくれるかもしれない。それまで傍にいて寄り添ってやればいい。何より俺が、そうしたいのだから。

「あ、あのっ！」

「平折……」

風呂場を出ると、平折が待ち構えていた。そわそわした様子で、俺を待っていたようだ。髪は寝癖がついたままで、顔はどこまでも真っ赤だ。

「お、お昼寝したら夢見が悪くて……そ、そのっ、寝惚けて……たんです……っ」

「そ、そうか」

いつになく真剣な表情で、こちらがたじろぐくらいぐいぐいと迫って力説してくる。どうやら先ほどしでかしたことはしっかり覚えているようだった。それでなくとも俺の部屋に入り込んで眠りこけていたのだ。必死に何かを弁明するのも当然か。

あまりに必死に言い訳してくるのが可笑しくって、何だか笑いが込み上げてきてしまう。そんな俺を、きょとんとした顔で、恐る恐る覗いてくる。

「あの……怒ってない……ですか？」

「全然」

むしろ可愛らしいものだった。それに、夢見が悪くて頼られるというのは悪い気がしない。

「あー、なんだ。それくらい甘えてくれても構わない」

「でも、迷惑──」

「平折」

「──いいの、ですか？」

どこか怯えるような、しかし期待をするかのような瞳を向けてくる。

――一応、俺は平折の義兄だからな。

そんな言葉が喉から出掛かったが、無理やり飲む。自分の中の何かが、それを言うとダメだと……理屈ではわからないが、そんな感情が訴えかけていた。

「……あぁ」

「わぷっ」

返事の代わりに、くしゃりと平折の頭を強引にかき混ぜる。髪が乱れると抗議の視線を送ってくるが無視をした。どうせ既に寝癖でぐちゃぐちゃだ。

少し嬉しそうにしている平折の顔が、この選択で間違ってはいないと思わせてくれた。

「はっ、はっ、はっ、はっ」

翌日の日曜日、俺は朝から住宅街を走っていた。

平日より遅い時間にもかかわらず、街はまだまだ静かな様子である。何かをしたいという思いから始めたランニングであったが、休日にまでこなすくらい習慣になりつつあった。

「ただいま」

たっぷり汗をかいてしまったので、それを流そうと風呂場に直行する。

「……っ！」

「おっと、使用中か」

出掛けるにはまだ早い時間だというのに、鏡の前で格闘する平折がいた。どうやら髪型やメイクになかなか納得がいかない様子である。邪魔しちゃ悪いなと出直そうとすると、こちらに何か訴えかけるかのような瞳と目が合った。これでいいのか、自信なさげな表情をしている。

前回や昨日見せてもらったときよりも、しっかりとキメられていて、服にも非常によく似合っている。これで自信がないとクラスで言おうものなら、確実に何人か敵を作りかねない――それほど可愛らしい姿だった。

「似合ってる。大丈夫、自信持てよ」

「……っ！　う、うんっ」

言葉だけではまだ何か足りないという顔は、俺の手へとチラチラ視線を送っていた。そっと頭を撫でてやれば、ふにゃりと険しかった表情を崩していく。

「ぁ、ぁりがと」

「……どういたしまして」

そんなやり取りを終えた後、平折はバタバタしつつも出掛けていった。

――2人の仲が深まるといいな。そんなことを考えつつ後ろ姿を見送り、平折を撫でた手のひらを見た。サラサラとした髪の感触を思い出し、意味もなく握ったり開いたりしてみる。

……なんだか手持ち無沙汰を感じてしまった。

「……ゲームでもするかな」

その後部屋に戻ってログインしてみるものの、どうにもそういう気にもならなかった。

ただただ画面越しに自分のキャラを見つめ、そしておもむろに検索をかける。

「……わからん」

なんとなく気になったことだった。

ＰＣに『垢抜け』『見た目』『イメチェン』『身だしなみ』『方法』……それっぽい単語を打ち込んでは調べていくが、あまりにもヒットした情報が多岐多様にわたっておりどれから目を通していいかすらわからない。見た目を変えてみるというのはなかなかにハードルが高いものらしい。

試しにいくつか記事を読むものの、初めて聞く単語も多く理解しようとしていくうちに、だんだん睡魔に襲われていくのだった。

「……んんっ？」

いつしか眠っていたらしい。カチャリと玄関のドアが開く音と共に目を覚まし、机の上から身体を起こす。ＰＣはつけっぱなしだ。

そしてトテトテと機嫌良さそうな足取りで階段を上る音が聞こえてきた。どうやら平折が帰ってきたらしい。南條凜とどうだったかなんて、この様子なら聞くまでもないだろう。

俺はうっすらと笑みを浮かべるも、直後の南條凜からの電話でそれも吹き飛んでしまった。

「南條？　どうし――」

『ちょっとヤバいことになったわ』

「は、どういう？」

『今から送るメッセージを見て』

通話が切れると共に南條凜から画像付きのファイルが送られてくる。それはどうやらＳＮＳに投稿されたもののようだった。

《南條凜と吉田平折、休日の男漁り》

《吉田ってやっぱりビッチ、男捕まえてヤリまくりの証拠写真、南條凜添え》

《この後複数人で楽しみました》

それは今日の平折たちを撮った画像だった。

よくよく見ればキャッチなどで声をかけられたりしているものとわかるのだが、ぱっと見でそうした悪意ある言葉があると、なるほど、不思議なことにそういう風にも見えてしまう。

「おい、これ……っ！」

『うちの学校の女子……ていうか平折ちゃんを叩いた奴の裏の裏のアカウントってとこかしら

ね……やられたわ。ふふっ、これはウカウカしてられない、あたしも動くわ……っ！』

「ちょっ――切るなよ」

くそっ！　こんなものを見せられて、俺はどうしようもない怒りに駆られてしまっている。もしこれを書き込んだ奴が目の前にいたら、たとえ女子だろうと暴力に訴えかねない……それほどまでに冷静さを欠いている自覚があった。

「あ、あのっ……」

「……っ！　平折？」

だがそれも、控えめに鳴らされたノックの音で、多少の冷静さを取り戻す。部屋に入ってきた平折は泣きそうな顔をしており、手にはスマホを持っていた。

――あぁ、そうだ。南條凜のことだ、誰かに悪意を持って知らされる前に、平折にもこのことを知らせないはずがないか。ここまで自分を貶められるようなことを書かれた平折の気持ちを考えると胸が痛くて仕方がない。だというのに、平折は――

「わ、私、２人に迷惑かけちゃ――」

「平折っ！」

平折は俺や南條凜に、自分のせいで迷惑をかけてるだなんて言い出した。それは先ほどの、平折たちに対する中傷を見せられた時よりも腹が立ってしまう。どうしてそんなに自分のことを考えないだとか、俺よりも自分のことを考えろだとか、様々な思いが胸で渦巻く。

あぁ、そうだ。平折はそういう女の子だった。何かあっても自分が我慢をすればと考えてしまうところがある。だからこそ、俺の中で腹が据わる。

「いいか、平折」

「え……きゃっ！」

強引に手を取り俺に引き寄せ、覚悟を述べる。

「平折は何があっても守るからな」

「ふぇっ!?　……ぁ……ぅ…………でもっ！」

平折には随分驚かされてきた。何か迷ったような顔をしたのは一瞬、小さく手を胸の前で握り、どこまでまっすぐ俺の瞳を射貫く。

「わ、私も守りますからっ！」

そして今度もまた、驚かされる。互いに目が合い、そして不敵な笑みが同時に零れる。

今なら何だってできる気がした。

Play Time. 10時間目 あざけるな！

ガタンゴトンと早朝の電車が独特の音を立て、俺たちは揺られていた。

「…………」

俺と平折（ひおり）は無言だった。いつもと違い、緊張感を孕（はら）んだ沈黙だった。平折は身をガチガチに硬くしている。おそらく俺も同じように硬くなっているのだろう。握りしめた拳が痛い。

『――――学園前、――――学園前』

車内のアナウンスが降車駅を告げる。扉が開き、いつもならここで別れるところだ。

「平折、行こう」

「……え？」

だけど今日に限っては、一緒に行かないという選択肢はなかった。驚く平折を促して、隣に並んで歩く。周囲の反応が気になるのか、平折は少し顔を赤らめながら俯（うつむ）いていた。

「来たわね……って、倉井（くらい）も一緒だったんだ？」

改札を抜けると、不敵な笑みで腕を組んでる美少女がいた。その瞳は据わっており、まるで狩りを行う獰猛な肉食獣を連想させ、頼もしさすら感じさせる。

「そりゃ、昨夜あんなものを見せられたら気になってな。ダメだったか？」

「ふふっ、全然。いい心がけだわ」

お互いニッと笑い合う。きっと思いは一緒だろう。平折も胸の前で拳を握り「んっ」と気合いを入れている。そして俺たちは南條凜と平折を先頭に、学校へ向かって歩き始めた。

思えば３人での登校は初めてだ。何だか不思議な感覚だった。俺も注目されているのがわかる。昨日のＳＮＳのせいで、ついつい周囲の反応が気になってしまう。あれは明らかに悪意があって投稿されたものだ。故意に広められていてもおかしくない。

「はぁ、南條さんに吉田さん、今日も可愛いなぁ」

「で、あの男子は何だ？　誰か知ってるか？」

「くぅ、オレもお近づきになりてー！」

しかし俺に対する好奇の目や疑問が投げかけられる程度で、平折と南條凜に対する侮蔑などは感じられない。完全にいつもと同じと言える。

「あら、意外そうな顔ね？」

「正直、もっとひどいことになると身構えていたから拍子抜けだ」

「ま、普段のあたしの行いのお陰ね。むしろここは堂々とするべきよ。コソコソして勘繰られるような態度を取るより、よっぽどいいわ」

「そ、そうか」

平折も同じく拍子抜けしたのか、胸元で握りしめた拳をどうしたものかとあわあわしていた。それによくよく考えれば、最近平折にべったりだったとはいえ南條凜は男女分け隔てなく接する人間だ。俺だって散々その姿を見てきていた。だから俺と一緒だろうと、羨むやつはいても違和感を覚える者はあまりいないのだろう。

「もっとも、ＳＮＳの件に関してはいくつか根回ししたり手は打ったってのもあるけどね」

「随分と素早いな」

「……向こうの思い通りになんてさせて堪るかってーの」

「ははっ」

もしかしたら、昨夜あの後相当に手を回したのかもしれない。くつくつと低い笑い声を出す南條凜を見て、この少女の底知れなさを実感してしまった。敵には回すまい。おっかない奴だ。

登校中もそうだったが、俺の教室も普段と同じだった。若干今朝の件で視線を集める程度である。それならばと思って平折たちの隣のクラスに顔を出せば、異質な視線が突き刺さるのを感じる。当然か。十中八九あれを投稿したやつがここにいるだろうし、中には既に拡散されたものを見た者もいるのだろう。しかし南條凜は至っていつも通りだった。

「平折ちゃん、昨日はいい服買えたよね」

「ふぇ!?　あ、はい、その、色んなものを……」

「へぇ、買い物したんだ？　どんなの買ったの……って画像あるの？　見せて見せて」

「あーしも……って、何この黒くてモサくてダサいの！　ウケるーっ！」

「だ、ダサ……あ、あはは……」

　そして微妙な顔をしていた生徒たちも、何となく察したような表情へ変わっていく。だがその拡散されたＳＮＳの悪意に踊らされ、居ても立ってもいられなくなる人種というのもいる。

「吉田さん、大丈夫かい!?」

　和気藹々とした教室の空気を、切羽詰まった大声が切り裂いた。この場が一瞬にして静まり返り、声の主に注目が集まる。サッカー部のイケメンエース、坂口健太。その手にはスマホを持ち、焦燥に駆られた様子で飛び込んできた。

「これを見てしまって、その……あぁ、上手く言えないけれど、吉田さんがひどい目に遭ってるんじゃないかって……」

「ふえっ!?」

　坂口健太は勢いのまま平折の前まで一気に距離を詰める。スマホを握りしめる手は、ミシリという音が聞こえてくるんじゃないかと思えるほど力が入り、赤くなっていた。

　それだけ、平折の身を案じていたということがわかる。

　しかし周囲の視線や反応までどうなってるかは、頭が回っていないようだった。

「あれ、なんで坂口がここに……？」

「どうして……まさかあの噂、マジだったのかよ!?」

「え、うそ、付き合ってるの!?」

「昴う……月は死んだ……儚い夢だった……」

件のSNSも、元を辿れば坂口健太が平折に好意を持っているという噂が発端だ。だから実際のところがどうであれ、彼の行動は噂の火種を燃え上がらせるのに十分と言えた。

恐らくこれは坂口健太の正義感からくる暴走なのだろう。彼は真剣な眼差しで見つめ、平折はあわあわと目を泳がせている。南條凜は予想外の出来事に目を白黒させており、周囲の目はこれから告白でも始まるんじゃないかという期待に彩られていた。

「吉田さん、僕はっ――」

「坂口、ちょっと来い」

「――何をし……き、君は……？」

「話がある」

考えるよりも先に身体が動いていた。

坂口健太は強引に腕を掴んで外へと誘う俺に、一瞬怪訝な表情を見せる。しかし俺の顔を認めると、スゥっと目を細めた。それは俺を見定めるかのような目だった。俺の方こそお前を見定めるのだと見つめ返すと口元を緩める。そして何かを確認するかのように周囲を見渡した。

「……場所を変えたほうがいいかい？」

「話が早くて助かる」

さっきの行動は頭に血が上っていただけで、どうやら状況を冷静に把握する能力には優れているらしい。サッカーというチーム競技をしているならば、それも当然か。

「あ、あの……っ！」

平折はハラハラした様子で、俺と坂口健太を交互に見やる。目尻にはうっすら涙も見えて、心配そうな視線を送ってくる。

気持ちはわからなくもなかったが、今は彼をここから引き離すのが先決だと思えた。

「ちょ、ちょちょちょっと待ちなさい、倉井！　あんたその、ええっと――」

「凜、ここは俺に任せてくれ。悪いようにはしないつもりだ」

「……っ！　うっ……ま、まぁいいわ、信じるからね」

「あぁ、ありがとう」

「ふ、ふんっ！」

我に返った南條凜は、大丈夫かと俺に迫ってきたが、俺の覚悟が伝わったのか信用してくれたようで口を噤む。だけど依然として平折は心配そうな目で俺を見ていた。もう少し信頼してほしいと、努めて笑顔になるよう心がけて言葉を告げる。

「平折、いいから待っとけ」

「あぅ……」

それでも心配そうな声を上げる平折に微笑み返し、坂口健太と一緒に教室を出て扉を閉める。

それと同時に、女子たちの騒ぎ出す声が聞こえたような気がした。

坂口健太に先導されてたどり着いたのは、いつぞや平折と話をしていた校舎裏だった。

ここなら人気もないし、誰かに話を聞かれる心配もない。

「すまない、僕が軽率だった」

「お、おい、頭を上げてくれ。それを俺に謝られても困る」

着いて早々頭を下げられ面食らってしまう。坂口健太は恥ずかしそうに苦笑いを零し、先ほどの行動がどういうものだったか理解しているようだった。本当、やりにくい相手だ。

「えぇっと、君は……」

「倉井だ」

「倉井君、君はどこまで知ってるんだい？」

「一応、本人の口から全てを聞いている。頬を叩かれたこともな」

「……そうかい」

それを聞きバツの悪そうな顔を見せた。きっと彼の中でも平折が叩かれた件は負い目になっているのだろう。しかし気になることもあった。噂では坂口健太という人物は、部活に打ち込んでおり女子に対する興味や色恋沙汰には縁がないという。事実、南條凜の調べでもそういった浮いた話は一つも拾えなかった。

だからこそ疑問に思う。今までの彼ならば、平折の頰の件もよほどアンテナを伸ばしていないと知り得なかった出来事だろう。俺はたまたま近くにいるから気付いたが、南條凜でさえ俺が報告するまで気付かなかった。眉間に皺が寄るのを自覚する。

「坂口、どうしてお前は吉田平折を気にかけているんだ？」

「え……？　どうして、とは……」

「今までのことを考えると、吉田平折にやたら目をかけ過ぎているように見える」

「それは……うん、そうだね。そうかもしれない」

坂口健太は、まるで自分に問いかけて確認するかのように呟いた。そして何かすっきりした顔に変わり、そしてより一層険しい表情で俺を見つめる。

「でもそれは君も同じに思える。君はどうしてなんだい？　君は一体、彼女の何なんだい？」

「俺、は……」

ズキリと胸に突き刺さる言葉だった。平折は義妹だ。同じ屋根の下で暮らす家族だ。それだけに、俺にとって特別な女の子と言える。だが、その事実は坂口健太に言えない。

それに、ただ義妹だからという理由で彼が納得するとは思えなかった。……自分でも、何故かそれが薄っぺらいような理由に思える。目の前の坂口健太は真っ直ぐな瞳で、何かを探るみたいな、ともすれば挑発するかのような瞳を俺に向けてきていた。

虚偽は許さない、心の奥底を見やると——そんなことを物語っているかのような瞳だ。

だから……いや、だというのに——

「平折はその……昔から気に入らないところがある奴だったんだ」

「……………え？」

「口下手で言いたいこともちゃんと言えず、変に意固地で我慢ばかりしていて、見ている方がイライラする。そのくせ頑張り屋だったり勇気を出して変わろうとする凄い奴で……なのにポンコツだしよくヘマはするし……あぁもう、とにかく見てらんねーんだよ、アイツは！」

出てきた言葉は支離滅裂だった。自分で言っていて、これはないと思う。こんなのただの悪口だ。しかしこれが俺の、義妹というフィルターを取っ払った平折に対する思いだった。

自分でも呆れてしまって、変な笑いが零れてしまう。こんな理由じゃ到底、誰が聞いても納得なんてしないだろう。だというのに坂口健太は凄く穏やかで、嬉しそうとも言える表情をしていた。

「僕はね、最初リフティングが3回できないほどサッカーが下手だったんだ」

「へ？　いきなり何を……？」

「実際僕に才能というものはなかった。何度も周囲から『やめてしまえ』『時間の無駄だ』と罵られたよ」

「……え?」

急に話題を変えられ、どういうことか困惑する。だが坂口健太の独白は、何故か無関係ではないのだと訴えかけるものがあり、ついつい耳を傾けてしまう。

「吉田さんはね、その時の自分と重なったんだ。僕は必死に努力したさ。そしてその努力の結果で周囲を認めさせ、その評価を変えた。それなのに……吉田さんはどうだ!? あれほどの努力、勇気を振り絞ったというのに、あいつらは一体何をした!? これが許せるか!?」

それは俺の胸を撃つ咆哮だった。人の努力を嘲笑うなと――それは彼の過去を重ねたからこその叫びだった。確かに、先ほどの行動は坂口健太の独善的な理由からのものだったと思う。だがその根底にあるのは、過去の己への自己投影にも似たシンパシーから来るものだった。

何だかそれが、自分の中の平折に対する曖昧な気持ちと違って真っ直ぐで――羨ましいと共に嫉妬じみた感情が湧き起こる。自分でも身勝手だとは思う。

だというのに、自分と対等と認めるかのような坂口健太の瞳を逸らすことはできなかった。

――お前には負けない。そんな子供じみた感情と共に睨みつけるかのように見つめ返す。

「君も、吉田さんを守ろうとしているのだろう?」

「そんなところだ」

「僕も手伝いたい、仲間に入れてくれ」

「……余計なことをしないならな」

それぞれ不敵な笑みを浮かべ、俺たちは互いの手を取り合った。

それから数日が経った。坂口健太は、すっかり俺たちに馴染んでいた。

「中間テストも近いよね。おかげで連休も勉強で潰れちゃうし、部活もできなくてストレスが溜まっちゃうよ」

「かーっ！　オレ今回も、追試と補習をパスしないとヤバいなー。昴、何かいい方法ない？」

「ねぇよ、今から地道に勉強しろ」

だよなーとため息をつく康寅を中心に笑いが広がる。

坂口健太は、俺や康寅の友人という形でこちらに訪れていた。平折や南條凜、それに近しい生徒たちもそれを受け入れ、その事情も大体察しているようだった。

「僕は南條さんの勉強方法が気になるかな？　ずっと成績は首位だしね」

「別に普通よ。平時から予習復習を欠かさないだけ」

「へぇ……えぇぇぇぇっと、よよ吉田さんはその、勉強、して……ますか？」

「ふぇ!?」

驚き慌てる平折が、助けを求めるかのように俺を見つめてくる。この数日ですっかり見慣れつつある表情だった。周りの皆も『あぁ、またか』と慣れたものだ。

涙目の平折に対し、迷惑ならハッキリ言えばいいのにという思いがあったが、肩をすくめるだけに留める。

スムーズに周囲に溶け込んだ坂口健太であったが、平折に対してはどうしたわけか極度に緊張してしまう。意気込み過ぎているのか、こういうことに慣れていないからなのかはわからない。この明らかに平折に対して意識していますよという態度は、平折もさることながら、俺たちもどうしていいかわからずにいた。

「やっぱり坂口君って吉田さんのこと……」

「あからさまっしょ」

「でもこの前、本人ははっきり否定してたぜ？」

「……チッ」

おそらく坂口健太本人は、気持ちが先走っているのだろうなというのはわかる。康寅でさえそのことに気付いている。だけど周囲はそうとは思ってくれなさそうだ。そしてそれは、平折に対して良く思っていない奴らの神経を逆撫でするのに十分なものでもあった。

南條凜も彼女らの反応には気付いており、時折俺に目配せし頷き合う。坂口健太の件は予想外だったが、結果として彼女らに対する牽制になっているのは幸いだった。

しかし俺は、最近気になることもあった。

こちらに向けられる悪意の視線に、女子だけでなく男子のものも増えてきた気がしたのだ。

その日の昼、俺は久々に非常階段に呼び出されていた。相手はいつもの如く南條凜だ。だから俺はついでとばかりにその男子からの視線について聞いてみる。

「あぁ、そいつらは以前にあたしが振った奴らよ」

「……それは結構な数がいそうだが？」

「自分がモテると勘違いしてたり、プライドが無駄に高いお馬鹿さんね。ほら、最近あたしの周りにはあんたや祖堅君、坂口君がいるから」

「……なるほどな」

南條凜は男女分け隔てなく接する女の子だ。それでも普段は女子のグループで行動する。だというのに、ここ最近そのグループに特定の男子が交じっているのが許せないということなのだろう。なんだかなぁ……。

「ま、坂口君に気後れして、あたしたちに話しかけてこないところでお察しよ」

「坂口より上だという自信がないから、話しかけられないのか」

「そういうこと。それに今はあんたもいるし」

「俺？」

「なんか必死にあたしたちの間に割って入っていてさ、一緒に見られたくないってさ」

「……さいで」

そう言って南條凜は、悪戯っぽく人差し指で鼻をつついてきた。目の前でその柔らかそうな髪をふわりとなびかせ上目遣い。だが言葉の内容が内容なのでしかめっ面になってしまう。

「ま、そっちはあたし絡みだし、とりあえずはいいわ。それよりも坂口君ね。今のところはバカたちの抑えになっているからいいんだけど……」

「何か問題でもあるのか？」

「……もし、平折ちゃんと坂口君が付き合ったらどうする？」

「………は？」

一瞬、何を言われたか理解できなかった。

「いや、それはな――」

「平折ちゃんはともかく、坂口君が平折ちゃんに本気にならないって、言い切れる？」

――――。言葉に詰まってしまった。

現状、坂口健太は妙な正義感や使命感から平折の傍にいる。そして慣れていないのか、意識し過ぎなのか、あの緊張ぶりだ。釣り橋効果、という言葉もある。戸惑う俺を南條凜はいつにない真剣な眼差しで見つめてきた。俺は喉から絞り出すようにして応える。

「人の気持ちなんて、他人がどうこうできるものじゃないだろう？　もしそうなれば当人たちが判断することだ」

なんだか胸がむしゃくしゃしていた。自分でも苛立っているのがわかるし、言葉に棘があるのも自覚している。俺と平折は義兄妹だ。それ以上でも、以下でもない。そのはずだ。

「人の気持ちはどうこうできるものじゃない、ね……」

そんな俺へ問いかけるように、神妙な顔で覗き込む南條凜が、ひどく印象的だった。

なんとも言いようのない気持ちで、頭をくしゃりと掻いて大きく乱す。

「……」

「……」

何とも不思議な沈黙だった。俺を覗き込む南條凜の瞳には、何かを期待するかのような色がある。一体俺に、何を求めているというのか？

「ま、いいわ。教室に戻りましょう。皆も待っているだろうし」

「そう、だな……」

――『今はこんなもんか』。南條凜はそう呟き、『よし！』と自分に活を入れる。

「色々頑張らないとね」

「……あぁ」

そう言って笑いかける顔は、ドキリとさせられてしまうほどの魅力があった。

俺たちは購買に寄り、飲み物とパンを買って教室に戻る。

教室では既に平折に康寅、それに坂口健太とグループの女子たちが弁当を広げていた。

「遅いぞ、昴」

「悪い、混んでてな。ほら、コーラ」

「おっと！　それならしゃーねーな」

そう言ってコーラを受け取った康寅は、喉が渇いていたのか一気に飲み干す。当然のことながらゲップをしてしまい、女子から『祖堅さいてー！』というお言葉をいただき涙目になる。

「その、あの、僕は休日でも部活の次の試合ばかり気になってしまって……」

「は、はぁ……」

坂口健太はというと、必死に平折に話しかけていた。とにかく何か話さないと、と思っているのか矢継ぎ早に話題を繰り出していく。律儀な平折はそれにいちいち相槌を打っているが、その顔にはどこか疲労の色が見える。

——坂口は平折の様子に気付いていないのか？　よほど話が途切れるのが不安なのか、2人の弁当は手つかずのままだった。彼の自分本位な行動に、なんだか胸がむしゃくしゃしてくる。

俺はその会話を打ち切るかのように、強引に2人の間に割って入って、腰を下ろす。

「坂口、飯くらい食わせてやれ。話すなら既に食べ終えている奴相手にしろ」

「……ぁ」

「……倉井君っ！　あぁ、すまない……」

そして俺は、既に昼を食べ終えこちらを窺っていた女子グループに水を向けた。彼女たちは坂口健太とお近づきになる機会を狙っていたようで、ここぞとばかりに質問攻めにしていく。そんな周囲の反応から、如何に自分が平折にだけかまけていたかを痛感した坂口健太は、俺に向かって小さく手を上げて『すまない』とだけ呟いた。

——そういうところ、か……

一方で平折には助け船を出したハズなのだが、遅れてやってきた俺と南條凛の顔を交互に見やり、ブスーっと唇を尖らせた。助けに来るのが遅くなったことがご不満なのだろうか？

「悪かったよ、ほら」

「……ありがとぅ」

平折に頼まれていた牛乳パックを渡し、俺は購買で買ったパンを開ける。

「「……」」

平折と2人、無言で昼食を摂りながら目の前で繰り広げられる光景を眺める。質問の嵐にタジタジとなる坂口健太に、聞かれてもいないのにそれに答える康寅が女子の顰蹙を買っている。それを見て思わずクスリと笑いが零れてしまう。最初は少々不機嫌だった平折だが、一緒にその光景を見るにつれ、徐々に機嫌が良さそうなものへと変わっていく。

——もし、平折ちゃんと坂口君が付き合ったらどうする？

不意に、先ほどの南條凛の言葉を思い出す。

目の前では愉快なやり取りが行われているのに、なんだか嫌な思いが胸に広がっていく。隣を見れば、平折と目が合った。平折はどこか照れ臭そうにはにかんだ笑みを浮かべたが——なんだか南條凜の言葉から気まずさを感じてしまい、俺は目を逸らしてしまった。


「また明日ねっ」

「くぅ、オレもそっち側に家があればなーっ！」

「……じゃあな」

「さ、さよなら……っ」

駅で挨拶(あいさつ)を交わし、皆と別れて電車に乗る。これが最近の日課になりつつあった。色々あったけれど、帰りの電車も平折と一緒になったのはいいことだろう。

ちなみに坂口健太はいない。部活のミーティングがあるらしい。

「「……」」

20分あまり電車に揺られて降りるまでの間、俺達の間に会話はなかった。

いつもと同じだと言えばそうなのだが、最近は南條凜や康寅、坂口健太の誰かが一緒にいることが多くて話題の絶えないときが多い。だからこの沈黙が、何だか珍しいことのように感じてしまう。そして無言だというのに、別に気まずい感じはしない。

こうやって肩肘張らずにいられるのは、平折が家族——義妹(いもうと)だからなのだろうか？

そんなことを考えて難しい顔をする俺を、平折が困ったような顔で覗き込んでいた。

『初瀬谷(はせたに)い〜、初瀬谷い〜』

駅を出てからも俺たちは無言だった。すっかり日が暮れるのが早くなった住宅街を、少し足早に自宅を目指す。そのせいか、いつもなら隣にいる平折は、俺から少し遅れてついてくる。

家も近づいてきた頃、ふいに制服の袖を引かれた。

「平折……？」

「あ、あのっ！」

その顔は、何か思い詰めたかのように余裕がなかった。今にも泣きそうな……そんな表情にも見えてしまう。一体どうしてそんな顔をしているのかわからなかった。

――もしかして、俺が知らないところで坂口と何かあったのか？

その考えに至った時、ますます俺の顔が険しくなっていく自覚があった。そして平折の瞳も、どんどん潤(うる)んでいく。

「う、噂とかでたらめですから……っ」

「……え？」

「さ、坂口君とは何もない、ですから……っ！」

「……あ、あぁ」

どうやら平折が気にしていたのは、自身の噂のことだったようだ。もしかしたら例の彼女たちに、よほど過激な噂を流されているのかもしれない。まったく……

「大丈夫だ、わかってるって」

「本当、ですか……？」

そう言って、俺は平折の手を握る。俺はわかっている、心配するなと思いを込めて。

不思議なことに平折の手を握っていると、そこから坂口健太の件で荒んでいた心が綻んでいくかのようだった。平折も同じなのか、不安そうな顔が緩んでいくのがわかる。

しかし俺は綻んだ心の中に、独占欲じみた想いが芽生えてくるのを感じてしまった。

「平折は――」

俺の何だというのか。坂口健太に渡したくないという幼稚な想いが膨らんでいく。

義妹、とでも言うつもりなのだろうか？　だからどうした、という想いも胸に広がる。

「――平折だからな……」

「う、うん……」

どこか嬉しそうに手を握り返す平折に、何とも言えない笑みを返してしまった。

その日は体育の授業があった。

俺のクラスは坂口健太のクラスと合同で、クラス別にいくつかチームを作り、何種目かの球技を試合形式で行うというものだ。

坂口健太が選んだものは当然ながらサッカーだった。ただボールを追いかけ回すその姿は、まるで水を得た魚のように生き生きとした笑顔で、縦横無尽にグラウンドを駆け巡っている。

俺はと言えば、どこぞの適当なチームに入って控えのポジションを積極的に獲得しにいき、その様子をボーっと眺めていた。

——そういえば、いつだか教室からグラウンドの南條凜と平折の姿を眺めていたっけ。

ふとそのことを思い出し校舎の方に目をやれば、こちらを覗いていた平折に気付いて目が合い——そしてパッと逸らされた。

何を見てたんだ？　ちゃんと授業受けてるのか？　そんな怪訝な表情で少しだけ視線を移せば、今度は南條凜と目が合った。呆れた顔で『バーカ』と口が動いた、ような気がする。

事実バカみたいに暇だったので、何ともいえない顔になってしまった。同じようにやる気なさげに見学している奴もいれば、自分のクラスのチームを応援している奴もいる。

「頑張れー！」

「坂口君、さすがーっ！」

「ねぇ、今の見た!?」

隣からは、坂口健太のチームを応援している黄色い声が聞こえてきた。どうやら彼を熱心に応援しているみたいだ。もしかしたらその雄姿を見たいがための見学なのかもしれない。

——まるでアイドルに対する声援みたいだな。そんなことを思った。南條凜も同じような立ち位置なのだが、どちらかというと高嶺（たかね）の花に対するものに近い。

俺は呆れ気味にため息をつき、坂口健太の様子を見るが——なるほど、確かにあんな無邪気な顔でボールを追いかけ回しているのを見ると、どこか微笑ましいという感情さえ湧いてくる。少しだけ彼女たちの気持ちがわからなくもない。きっと坂口健太は、それだけ純粋にサッカーが好きなのだろう。

『僕に才能というものはなかった。何度も周囲から「辞めてしまえ」「時間の無駄だ」と罵（のの）しられたよ』

先日、彼に独白されたことを思い出す。それでもサッカーが好きで続けたという思いを。そして俺はまた一つ、自分でもどういう意味かわからないため息をついた。

坂口健太は悪い奴ではないのだろう。

ただ彼には、自分でこれと決めた物事に熱中すると周りが見えなくなってしまうところがある。それは彼の美徳でもあるのだろうが、時に悪いものに付け込まれる隙（すき）にもなる。

「ぐっ、あぁあああぁあぁあぁっ!!」

「坂口っ!?」

「悪ぃ、足が滑っちまった」

「おい、大丈夫か!?」

それはチャージというには、あまりにも悪質な体当たりだった。周囲に故意と悟らせぬような、巧みな足払いもあった。明確な悪意をもって為されたそれは、確実に坂口健太の体勢を崩しグラウンドへと叩きつける。坂口健太は辛うじて頭をガードしたものの、左足を挫いたのか、両手で寝転びながらそこを押さえている。

「おい、立てるか!?」

「いやぁあぁぁっ！」

「誰か、保健室へっ！」

「オレのせいだからよ、肩を貸すぜ」

周囲の反応は様々だった。ちょっとしたパニックとなる応援していた女子たち、その身を案じるチームメイト、そして坂口健太に危害を加えたにもかかわらず近寄ろうとする犯人。

「……っ！　だ、大丈夫だ……っ！」

「おぃおぃ、遠慮するなよ」

坂口健太はそいつに手のひらを向け問題ない！　とアピールする。俺からすれば、来るな！と言ってるとしか思えないのだが、周囲はそれを見て大した怪我じゃないなと判断する。

——正直な思いを述べれば、坂口健太は気に入らない。

平折のこともそうだし、そんな彼に劣等感じみた思いを抱く自分も気に入らない。だけど、坂口健太に卑劣な手段で危害を加えた奴は、もっと気に入らない。

気付けば俺は、その場へ駆け出していた。

「行くぞ、坂口」

「倉井……君……？」

「やせ我慢してんじゃねぇよ」

「……っ！　あ、あぁ……世話になるよ……」

俺は強引に坂口健太に肩を貸し、保健室へと向かう。チラリと後ろを振り返れば、一瞬虚を衝かれていたものの、すぐさまニヤけた笑いを浮かべるそいつの顔に、反吐が出そうになった。

生憎と保健室には養護教諭の先生はおらず、無人だった。

坂口健太はというと、慣れた様子でテキパキと自分を手当てしていく。

「くぅ……っ、筋がやられているね。骨に異常はないと思う。テスト前で部活がないのが幸いだったかな」

「あぁ、そうかい」

何でもないように言うが、楽観視できるような怪我じゃないだろう。傷害事件と言ってもいいくらいのものだ。明らかに悪意を持って為された行為だった。坂口健太もそれに気がついていたからこそ、手を貸そうと言ったあいつを近づけなかったに違いない。

「助かったよ」

「何もしてねぇよ」

「吉田さんの件といい、君にはフォローしてもらってばかりだ」

「……自分のために自分の理屈で勝手にやってることだ。坂口、お前だって吉田平折に対して、これと一緒のことやってるだろう？」

「そ、それは……っ」

俺が坂口健太を助けたことは、偽善ですらない。ただの自己満足のエゴだ。そしてそれは、坂口健太の平折に対する一方的な正義感と一緒のものだ。だからそう思うと余計に、俺の眉間に皺が寄ってしまう。

その坂口健太はといえば、驚いた表情をしていた。俺に言われたことで、今初めてそれに気付いたとばかりに目を見開き、口も開けっぱなしだ。

――今まで自覚がなかったのか？　俺の眉間にますます皺が寄っていく。

「そうか……」

坂口健太は考え込むように俯く。

だがその逡巡も一瞬、顔を上げた時にはどこか吹っ切れたような顔で俺を見据える。

「それでもやっぱり、僕は君にお礼を言うよ。ありがとう」

「……そうかよ」

「きっと倉井君は、そうやって吉田さんを守ってきたんだろうね」

「は？　なんだよ、それ」

「僕も、負けていられないなってことさ」

「……勝負じゃないだろ」

どこか晴れやかな笑顔を向ける坂口健太は、あまりに天真爛漫とも言える笑みを浮かべ、俺は眩しさと気恥ずかしさから少し目を逸らしてしまった。——コイツ、やっぱり苦手だ。

「1人で歩けるか？　俺は野郎と密着する趣味はない」

「痛みは引いたし、歩くだけならね」

トントン、と怪我した方の足のつま先で床を叩き、大丈夫だよとおどけてみせる。

とはいうものの、歩きづらそうにする坂口健太を見ていると、表情が険しくなってしまう。

坂口健太を狙ったのは、南條凜に振られた奴の仕業だろう。それは平折を妬んでいる女子とは無関係じゃない——そんな気がする。

保健室を出る頃には、既に体育の授業は終わって休み時間に突入していた。廊下に出れば、彼の身を案じるクラスメイトの姿があった。

「おい健太、大丈夫なのか？」

「坂口君、怪我はいいの？」

「はは、大丈夫だよ。おかげで部活のことを考えずテスト勉強に集中できそうだ」

クラスメイトだけでなく先ほどの授業は他のクラスからも見えていたのか、彼を心配する者は多い。康寅しか親しい友人が思い浮かばない俺としては、自嘲気味な笑いが零れてしまう。

だが坂口健太に向けられる言葉や視線は、何もその身を案じるものばかりではない。

「硬派を気取っていたくせに、女にかまけているからそうなるんだよ」

「どうせ南條や吉田のことを考えてたからじゃねーの？」

「その女のことを考えるために見学してたやつもいたけどよ、ぎゃはは」

「急に調子乗り出してキモイっつーの、はっ！」

それは彼にだけではなく、俺にも向けられていた。あいつらからすれば、俺も同じように見えて当然か。そいつらのバカらしい言い草に、今日何度目かのため息をついてしまう。

「君たちは……っ！」

「やめとけ、坂口」

こういう悪意に対して慣れていないのか、坂口健太の煽り耐性は低い。

今にも摑みかからんとするのを、関わるんじゃないぞと手で制する。

坂口健太を案じる生徒たちも、どこかそいつらを疎ましげに見ているのがわかる。

「しかし、倉井君！」

「言わせておけ、どうせああいう姑息なまねしかできない奴らだ。相手をするのも馬鹿らしいし、そういう鳴き声の生き物だと思えばいい」

「なっ……っ！」

「調子に乗んじゃ……っ！」

俺の安い挑発に乗ったそいつらは、すぐさま顔を真っ赤にした。わかりやすい奴らだったが、ここで手を出してくるほどバカでもなかった。

今は休み時間で人通りも多い廊下だ。それに先ほどのやり取りを見ていた大勢の目もある。そんな状況で殴りかかれば、言われたことが図星だと認めるようなものだ。かといって俺に返すような言葉も持ち合わせていない。奴らにできるのは、せいぜい先ほどと同じように俺たちを罵ることくらいだ。

「はっ！　せいぜい頭と股の緩そうな女に世話を焼かれるといいさ」

「どっちも男を誑かすのはお手の物だし、さぞかしサービスしてくれるだろうよ」

「南條とかいやらしく上で腰を振ってくれるんじゃねーの？　媚びるのが上手そうな吉田は舐めるのとか得意そうだよな、ぎゃははっ」

――頭がどこまでも冷えていくのがわかった。

自分のことはいくら言われてもいい。事実、俺もそんな大した奴でないという自覚はある。

「――おい、今平折や凜をなんて言ったたっ！」

「ぐぺっ!?」

「く、倉井君っ!?」

気がついたらそいつの鼻っ面に拳を叩き込んでいた。

平折と南條凜を――いつも真剣で努力を怠らない彼女たちを貶めるような発言は、到底許すことができなかった。自分でも何をバカなことをやってんだ、と思う。摑みかかろうとした坂口健太を制止したくせに、自分は顔面殴打だ。

俺は、平折の頑張りを知っている。恥ずかしがり屋であがり症のくせに、色々考えて頑張って、そして勇気を振り絞って自分を変えようと踏み出したのを知っている。

そして俺は、南條凜の苦悩を知っている。複雑な家庭事情で理想の娘を演じることを強要され、それをこなしつつも懸命に前を向こうとする気丈さを知っている。

そんな彼女たちの真実を知った。自分と違って前を向き、歩もうとする姿を知ってしまった。だから尚更、２人への侮辱が許せなかった。脳は未だに熱を持ち沸騰している。しかし鈍い痛みを伝える右手が、少しだけ冷静さを取り戻させた。

――だからといって、暴力に訴えるのは最低だよな。

俺へと手を伸ばす坂口健太、驚きの声や悲鳴を上げる周囲の生徒、そして眼前に迫ってくる拳を見て、そう思った。

「何すんだ、テメェ！」

「イキがってんじゃねぇぞ！」

「あが……っ！」

「倉井君……っ！」

元よりロクに喧嘩をしたことのない俺の拳が入ったのは、相手の油断があったからだ。ただの不意打ちだっただけだ。だから俺は我に返った奴らにあっさりと反撃を許し、廊下に倒れて囲まれることになる。

状況は最悪だった。いや、そもそも俺から手を出したのだから、自業自得か。だけど不思議と後悔はない。自分の意地を示せたかと思うと、笑みさえ浮かんでくる。

「……っ！　笑ってんじゃねぇぞ！」

「ぐは……っ！」

「倉っ……やめるんだ、君たち……っ！」

そんな俺の態度が気に入らなかったのか、倒れた俺は、腹にドギツイ蹴りを食らってしまう。

一瞬息が詰まって目の前が真っ暗になる。

大きく嘔吐きながらのたうち回る姿は随分情けないに違いない。奴らの嗜虐心を刺激する自分の姿を想像すると、あまりにも滑稽な姿に再び笑いが零れる。

「てめ、まだ笑っ――」

「余裕こいてんじゃっ――」

「はい、どーん！」

「――なっ!?」

その時、この緊迫した空気にはそぐわない間抜けな声が聞こえた。それと共に、俺に蹴りを入れようとした男が吹っ飛ぶ。

「おぃおぃ、何楽しそうなことをしてるんだ、昴？」

「康、寅……っ!?」

「何だてめぇ！」

「あ、こいつは！」

そこには妙なポーズを決める康寅の姿があった。どうやら俺を蹴ろうとしていた奴に飛び蹴りを喰らわせたらしい。突然のことに俺だけじゃなく周囲も驚いている。坂口健太なんてあんぐりと口を開けっぱなしだ。

いち早く我を取り戻したのは康寅に蹴飛ばされた奴だった。湯気が出るほど顔を真っ赤にして、康寅に摑みかかろうとする。

「はっ！　確かてめぇもあのビッチに誑し込まれた――」

「誰がビッチですって？」

「――え？　……がっ！」

しかしそいつは目の前でくるりと回転し、廊下に顔面から激突した。それは見ている方が痛々しい勢いだった。攻撃が来るものと身構えていた康寅は、急な展開に「あれ？」「ええっと？」と口をパクパクとして間抜けな顔を晒している。

「ったく、あんた何やってんの？　バカじゃない!?」

「……その通りすぎて何も言えないな」

男を廊下に這わせたのは、南條凜だった。康寅に摑みかかろうとした奴の手を取り、鮮やかに投げ飛ばしたのだ。合気道の小手返しという技だろうか？

つかつかと俺の前にまでやってくると、呆れたような、しかしどこか見直すかのような晴れ晴れとした顔で、俺の手を取り立ち上がらせる。

「ぁ、ぁの、その……」

「平折……」

そのすぐ隣には涙目の平折がいた。ハラハラと心配そうで、どこか怒ったような様子だ。その視線を受けて、俺は気まずさから頭を掻いてしまう。

他に平折と南條凜を悪しざまに言ってた奴らは動けないでいた。当の本人が現れると思っていなかったのか、それとも南條凜に鮮やかに投げ飛ばされてショックなのかはわからない。

「で、これはどういうことかしら？」

——何か文句があるなら聞くわよ？

と、南條凜はまるでゴミでも見るような目で彼らを睥睨し、この場の支配者然として君臨していた。奴らとは明らかに人としての格が違う。

俺は色んな意味でその差を感じさせられてしまい、助けられたというのに圧倒されてしまっていた。

この場の趨勢は決した。そんな空気だった。

「……へぇ？」

「何さ、顔のいい男にばかり媚を売るヤリマンが」

だから、その発言は意外だった。蛮勇とも言えた。しかしその発言者、平折の右頬を叩いた女子こと織田真理は、いわずにはいられないという様相である。周囲の騒めきや空気も読まず、言いたいことを連ねていく。

「いいわよね、アンタは何もしないでも男が寄ってきて。わたしがどんだけ頑張っても、アンタはすました顔で好きになった人を奪っていく……はんっ、今だって必死になって男に対して点数稼ぎしてさ、あーあ、これでまたバカみたいに騙される奴がいるんだろうなぁ！」

彼女の口は止まらなかった。確かに織田真理の目からは、南條凜の姿はそう映るのだろう。だけどそれはただの嫉妬や僻みとしか思えない。少なくとも俺はそうだし、事実周囲も彼女に対し、どこか痛々しいものを見る目を向けている。

　しかし一方で、織田真理に同調する女子も何人かはいるようだった。まるで親の仇に対するかのような目で南條凜を睨みつけている。根が深そうな問題だ。

「それで?」

「……っ!　どうせそいつらも身体を使って誑し込んだんでしょ?　確かにアンタはモテるけどさ、裏を返せばそれだけ経験豊富なビッチってことじゃん。ほら、皆の前で言いなさいよ!　あたしは色んな男に股を開いてきた女だっ――」

　パァンッ!　と、突如彼女の言葉を遮るように乾いた音が鳴り響いた。


「わ、私の友達をバカにしないで――このブスッ!」


　その音の発信源は、涙目で織田真理の右頬を平手打ちした平折だった。誰もが思いもよらない人物の行動に言葉を失ってしまう。それは当の本人である平折も同じのようで、自分の取った言動に「あぅ」とか「その」とか、慌てふためいている。

　しかしそれも数瞬、「よし!」と腹を決めたのか胸の前で拳を握ると、その瞳には迷いはなかった。

「ブ、ブスっていうのはですね、顔が変とかじゃなくて、その、凜さんへの僻みとか嫉妬とか、自分がそんなに努力もしてないのに誰かを悪く言って、自分がそんなに悪くないよっていう心根が、その、ブスって意味です……っ！」

　そしてどこかこの空気にそぐわない、ピントのズレたことを言いだした。

　しかもあくまでも真面目にそんなことを解説したものだから、そのギャップでクスクスと周囲から笑いが零れ始めてしまった。

「え……ふぇ……っ!?」

　平折はまさか笑われるとは思っていなかったのか、動揺しつつも毅然とするという、どこか器用な瞳をしていた。それは俺の好きな強い意志が込められた瞳だった。

　しかし言われた者にとってはたまったものじゃない。織田真理は自分の言われたこと、置かれた状況、そして周囲に軽蔑されるという事実を理解すると共に、ますますその顔を醜く歪ませていく。そして激情に駆られた彼女は手を振り上げ——平折は身体を固くして身構える。

「このっ！　吉田こそ元は根暗のブ——」

『あーったく、やってらんねー。吉田のやつマジむかつくんですけどー』

「なっ!?」

『てかもう坂口君に股開いたんじゃね？　ああいう奴に限って結構遊んでそうじゃん』

　だがその手は、別の場所から聞こえてきた彼女自身の声によって遮られた。

『どうせ吉田なんて引っ叩いて脅せばいいなりになるっしょ』

『南條もぜってーヤリまくってるって！　わたしがあの子の立場ならそこら中のイケメン喰い

まくってるってーの！』

『あーあ、最近欲求不満だし、マジ吉田と南條うらやましー！』

音声の出所を探ってみれば、南條凜が掲げるスマホからだった。録音された会話の中には、いつぞや非常階段で聞いた台詞も含まれている。

「おい、この声って……て、吉田さんって陰でリンチとか受けてたの!?」

「マジかよサイテー……吉田さんかわいそう……」

「吉田ァ、もっと叩いていいぞ！　オレが許す！」

「な、これっ！　ちょっ、止めろ!!」

南條凜の目は据わっていた。そして弱った獲物を前に、どう料理しようかという肉食獣の姿を連想させた。もはや彼女に容赦という言葉は存在していない。

「で、誰がビッチですって？」

周囲の囁き声は、録音された女子と同じ声の主を責める、非難一色に染め上げられていた。

織田真理の顔色は、今にも卒倒するんじゃないかというほど真っ青だ。

「一応、自分の名誉のために言っておきますけどね」

『なぁ南條、オレと付き合えよ。アッチの方はちったぁ自信があるぜ？　何なら一発試してみてか――あがっ!!』

『フンッ！　あたしはそんな安い女じゃない、こっちから願い下げだってーの！』

それは南條凜に振られたという、廊下に投げ飛ばされた奴の録音音声だった。

先ほどと同じく廊下に物がぶつかる音も収録されており、何があったかは想像に難くない。

「あいつ、振られた腹いせに……」

「器ちっちゃぇ……」

「同じ男としてああはなりたくないよな」

今喚いていた彼女たちだけでなく、平折や南條凜を罵ったやつらも、これらは彼女たちに対する逆恨みだということが聞く者に伝わっていく。そして南條凜はこの場を見渡し、まるで高らかに歌い上げるかのように、周りに告げた。

「他にもいろんな音声があるわ。せっかくだし皆にも聞いてもらおうかしら？」

にこやかな笑顔はしかし、形容できないほどの凄みを感じさせるものだった。そしてそれに反対意見を述べられる者などこの場にはもういない。

「～～っ」

そんな中、叩かれると思って身を固くしたままの平折があわあわしているのが目に映る。

平折のその姿がなんだかやたらと可笑しくって――南條凜と目が合った俺は笑いを漏らした。

そんな俺たちに対して不満げな顔をする平折に、更に笑いが零れるのだった。

11時間目 Play Time. これからも

その後、俺は駆け付けた生活指導の教師にさんざん油を絞られた。

どんな事情があろうと俺が暴力を振るったというのは事実だ。それに対するペナルティーは受けなければならない。

謹慎2日——随分中途半端だが、それが俺に科された処分だった。

それに対して、相手の方は停学1ヶ月だった。かなり厳しい沙汰だと思うが、どうやら他にも色々とやらかしていたらしい。南條凜は先ほどの録音音声だけじゃなく、他にも様々な証拠を持っていたとか。

ちなみに康寅もきっちり謹慎1日処分になっていた。巻き添えにしてしまった上に、あいつには助けられた。今度何か奢ってやろう。

「いてててて」

「ほら、大人しくしなさい。……ったく、あんたが本当にバカだっていうのが、よぉくわかったわ！」

俺は説教されたあと、参考人として同行していた南條凜に保健室へと連れられて、手当てを受けていた。停学になった相手と比べて俺の処分が随分甘かったのは、彼女の功績が大きいと言える。必死に擁護してもらったのだ、ますます頭が上がらない。

「そういや凜もあいつ投げ飛ばしたよな？　ていうか驚いたぞ。合気道黒帯とは聞いていたけど、あれほどとは……って周りも随分驚いてたし、イメージ変わったりするんじゃないか？　それより何か処分は……？」

「さぁね、なるようになるでしょ。ちなみにあたしはお咎めなしよ。普段の行いのおかげね。平折ちゃんの方はわからないけど……まぁ、あっちも大したことにはならないと思う。せいぜい注意、ってところじゃない？」

「そうか……」

先ほどの平折の行動にもびっくりさせられた。まさかあの大人しい平折が、あんな大胆な行動を取るとは思いもしなかった。まったく……平折には驚かされてばかりだな。

「ま、たとえアイツらに対する学校側の処分が軽くても、あれだけ大勢の前でやらかしたことをバラしてあげたんだもの。他の皆は彼女たちをどういう目で見るかしらね？」

「……そう考えるとえげつないことをしたな」

「あら、当然よ。なんたってあたしの友達を侮辱したんだもの。許せるわけがないじゃない」

「はは、そうだな」

そう言って、南條凜はドヤ顔でふふんと笑う。きっと悪意を向けられたのが自分だけなら、ここまでのことはしなかったに違いない。それだけ平折の存在が彼女の中で大きくなっているのだろう。そう思うと自然と笑顔になってしまった。

「〜〜っ！　あ、あんたはそのっ！」

「うん？」

「なんであんなバカなことしたの!?　あたし絡みのことはいいって言ったじゃない。ほっとけって！」

「……あのなぁ、目の前で凜たちのことをああまで言われて黙っていられるわけがないだろう？」

俺にとって南條凜は同志でもあり恩人だ。特別な存在だとも言える。だから激情に駆られてあんな行動をしてしまった。バカをしたとは思う。だけど後悔はない。

きっと平折だって許せなかったからこそ、平手打ちなんてしたのだろう。

言われたことがさも意外だったのか、南條凜は口をパクパクさせながらどう反応していいかわからないといった状態だ。そんなに驚くようなことだろうか？

「あ、あぁぁあんたって……あぁ、もう！」

「うん？」

「はい、手当ておしまい！　それよりもあんた、あたしに言ってないこと、あるよね？」

「それは……」

「『平折』……何度かそう呼んでたわよね？」

「……あぁ」

そういえば意識していなかったが、南條凜の前でも何度か『平折』と呼び捨てにしていた気がする。

南條凜から見て俺は、そこまで平折と気安い仲だとは思われていなかったはずだ。女子の名前を呼び捨てにするなんて、何かあると考える方が自然だろう。

そもそも、今まで南條凜に隠し事をしているのが後ろめたかったのだ。平折の件はこれで解決したと言ってもいい。ならば、いつまでも彼女に対して不義理を働くこともない。

「ふぅ……」

「……」

気を落ち着かせるために大きくため息を一つつき、南條凜の目を見据える。

こちらの緊張が伝わったのか、彼女も居住まいを正して見つめ合う。

「わかった。実は俺と平折は――」

「お、幼馴染み、です……っ！」

「――平折ちゃん？」

意を決して秘密を告白しようとした時、突如保健室の扉が開かれた。

言葉を遮ったのは当の平折本人だった。その顔は怒っているのかどこか膨れっ面で、機嫌があまり良くなさそうである。

「平折……話は終わったのか？　いや、それより……」

「幼馴染み、になります……よね？」

「……そう、だな。そうなるな」

「へぇ……なるほどね」

幼馴染み――平折の口から放たれたのは、そんな単語だった。

その通りだと頷くには微妙な歳からの付き合いだが、あながち嘘というわけでもない。なにより、この場はそれで収めたいという平折の気持ちが伝わってきた。南條凜はその言葉の意味の真偽を確かめるかのように、俺と平折を交互に見る。

全てが本当というわけじゃないが嘘でもない――だから俺たちはその瞳に頷き返す。

「幼馴染みだけど今まで疎遠だった、ってところかしら？」

「……まぁそんなところだ」

的確な意見だった。南條凜は色々と聡い少女だ。俺たちのたったこれだけのやり取りで、色々と察したのだろう。

南條凜はふぅ、と大きなため息を一つ。その顔はどこか安心した色に彩られている。

「てことは、あたしもそんなに条件は変わらないってことか」

「っ！　あ、でもわたし小学生の頃の昴さんを知っています」

「あら、それは興味深いわね。ちなみにどんな感じだったのかしら？」

「え、えぇっとその……愛想がなくて言葉が少なくてぶっきらぼう……？」

「あはっ、今と変わらないじゃない、それ」

「ふふっ、そうかもです。あ、でも今より小さくて可愛かったですよ？」

そしてどういうわけか俺の小学生の頃の話題になっていき、「勘弁してくれ」と降参とばかりに両手を上げる。それから心の中で、（小学生といっても6年生の時だけだろう）と突っ込みを入れておいた。

放課後の平折との帰り道。

この日はいつも違って無言ではなかった。

「し、心配しました！」

「はは、悪かった」

「け、怪我までしちゃって！」

「そうだな、今度から気をつけるよ」

「むぅ……っ」

そして俺はとても珍しいというより、驚くことに、平折にお叱りを受けていた。

だが気分はどこか晴れやかで、まじまじと平折の顔を見てみれば、拗ねたような膨れっ面を返してくる。それはどこまでもストレートな平折の感情の発露であり、それだけ俺のことを想ってくれての言葉だというのがわかってしまう。だから自然と笑いが零れる。

「もぅ、何がおかしいんですか、昴さん！」

「そりゃ、平折に怒られているからな」

「もぉ！」

バカげたことをしたと思う。だけどこの顔を見せてくれるのならその甲斐があったというものだ。だからどうしたって俺の口元は緩んでしまい、それがますます平折の機嫌を損ねてしまう。そのぷりぷりと頬を膨らませる顔は、珍しくも誇らしく思った。

「平折」

「……なんですか？」

「変わったな」

「…………ぁ」

そして平折は目をぱちくりさせたかと思うと、膨れていた頬をどんどん赤く染めあげ、目を逸らす。

平折は変わりたいと言った。

そして変わった。

あの日、フィーリアさんとして現れた時のことを思い出す。

何も話すことなく終わってしまったオフ会と、今平折に怒られている状況を考えると、どうしたってその変化が可笑しくて、そして嬉しくて仕方がない。

「そう、ですね……変わりました……色々と……」

その言葉には様々な意味が込められていた。どこかしんみりとした様子で呟く顔を見てみれば、数週間前までには考えられないほど感情豊かな色を見せている。それだけでなく先ほどの騒ぎや今の俺たちの関係、それに南條凜とのこと、あの時には考えられなかった変化だ。

平折は変わった。色々なものを変えた。様々な一面を知った。

だけどそれはまだ、彼女のほんの一部でしかないのだろう。もっと他の彼女を知りたいと思ってしまう。

だから俺は笑顔を作り、出会った時と同じように手を伸ばす。

「平折、帰ったら一緒にゲームしよう」

「……っ！」

それを見た平折は驚き、手と顔を交互に見やる。そして驚きが理解に取って代わると迷うことなく俺の手を取った。

「……はいっ！」

「っ！」

今度は俺が驚く番だった。平折は俺につられてなのか、大輪の笑顔を咲かす。それは初めて見る心からの笑顔だった。心臓がうるさいくらいに騒ぎ出す。目が離せなくなる。

きっと。出会った頃の俺には信じられない光景だろう。

まさか、会話もしない連れ子の義妹（いもうと）が、長年一緒にバカやってきたネトゲのフレだった、なんてね。

あとがき

どうも、雲雀湯(ひばりゆ)です。正確にはどこかの街にある銭湯・雲雀湯の看板猫（という設定）です、にゃーん！　この度は『会話もしない連れ子の妹が、長年一緒にバカやってきたネトゲのフレだった』をお買い上げいただき、ありがとうございます！

本作はありがたいことに、第一回集英社ＷＥＢ小説大賞にて金賞を頂きました。その縁もあって、こうして皆さまの手元にお届けできています。８月のお盆前だったかな？　入選確定の連絡を頂いたときはとても驚きました。

書籍として出すにあたって色々ありました。一番の問題はページ数との戦いだったでしょうか？　おかげでＷＥＢ版とは展開なども少し変わりました。他にも色々とトラブルもありました。特に一番印象に残っているのは、一番初めの原稿を送る時、１ページ42文字×17行のはずのところが42文字×18行になっていたのに気付いた時のことでしょうか？　あの時はリアルに変な悲鳴を上げてしまいましたね。それらの甲斐もあってＷＥＢ版より読みやすく、そして面白くなったと思います！

ちなみにこの作品を書くきっかけになったのは、某国産ＭＭＯの大型アップデートだったりします。キャラの名前などで何のゲームかピンときた人もいるかもしれません（笑）。

最後に編集の後藤様、色々と細々したところまでお世話になりました。イラストのｊｉｍｍｙ（ジミー）様、美麗な絵をありがとうございます。私を支えてくれた全ての人と、ここまで読んでくださった読者の皆様に心からの感謝を。これからも応援してくれると幸いです。具体的にファンレターという形にして送って頂けるとすごく嬉しいです。ですが、ファンレターって結構敷居が高いですよね？　でも大丈夫です。

ファンレターは『にゃーん』だけで結構ですよ！

にゃーん！

令和３年　３月　雲雀湯

ダッシュエックス文庫

会話もしない連れ子の妹が、長年一緒にバカやってきたネトゲのフレだった

雲雀湯

2021年 3 月30日　第1刷発行

★定価はカバーに表示してあります

発行者　北畠輝幸
発行所　株式会社　集英社
〒101−8050　東京都千代田区一ツ橋2−5−10
03(3230)6229(編集)
03(3230)6393(販売/書店専用)03(3230)6080(読者係)
印刷所　図書印刷株式会社

ISBN978-4-08-631408-4 C0193